dtv
premium

Philippe Besson

Eine italienische Liebe

Roman

Aus dem Französischen
von Caroline Vollmann

Deutscher Taschenbuch Verlag

Deutsche Erstausgabe
Oktober 2004
edition manholt im dtv
Deutscher Taschenbuch Verlag GmbH & Co. KG, München
www.dtv.de

Titel der französischen Originalausgabe:
›Un garçon d'Italie‹ (Éditions Juillard, Paris 2003)

Umschlagkonzept: Balk & Brumshagen
Umschlaggestaltung: Catherine Collin unter Verwendung einer
Fotografie von © Corbis / Karen Tweedy-Holmes
Satz: Greiner & Reichel, Köln
Gesetzt aus der Stempel Garamond 10,5/13,4·
Druck und Bindung: Kösel, Krugzell
Gedruckt auf säurefreiem, chlorfrei gebleichtem Papier
Printed in Germany · ISBN 3-423-24423-2

Ich wußte von da an, daß meine letzten Kräfte bei dem Versuch, diesen Tod zu akzeptieren, aufgezehrt würden und war mir gleichzeitig bewußt, daß ein so jäher und schonungsloser Tod nicht akzeptiert werden kann. Daher meine heftigen Anstrengungen, Haltung zu bewahren, daher diese nicht endende, maßlose, wirre, nicht faßbare Müdigkeit: die Weigerung, uns geschlagen zu geben.

Arnaud Cathrine
Die tränenleeren Augen

Erstes Buch

Warum sterben?
Nie war ich so lebendig wie jetzt,
nie so jungenhaft

Cesare Pavese
Das Handwerk des Lebens

In den frühen Morgenstunden des 23. September wurde am linken Arnoufer, unterhalb des Ponte Santa Trinita die Leiche Luca Salieris gefunden. Der an Land gespülte Körper lag zu drei Vierteln im schlammigen Flußwasser, das an dieser Stelle keine Strömung hat, so daß er nur leicht hin- und hergeschaukelt wurde. Das Gesicht ruhte auf dem ockerfarbenen, sandigen Boden, die nach oben gekehrte Wange war durch die nassen Haare verdeckt. Als die Carabinieri den Körper des Toten umwendeten, stellten sie fest, daß die rechte Gesichtshälfte von einer grünlichen Fäule überzogen war.

Luca Salieri war neunundzwanzig Jahre alt. Sein Verschwinden wurde zwei Tage zuvor von seiner Lebensgefährtin Anna Morante gemeldet.

Luca

Sie hat einen guten Geruch, diese Lehmerde. Sie erinnert mich an den Geruch, den man in der Werkstatt meines Großvaters einatmete, wenn sich die Töpfe unter seinen Händen drehten, oder wenn er Gesichter formte, Backenknochen erhöhte, Augen vergrößerte, Nasenlöcher aushöhlte, Nasenrücken herausarbeitete, Stirnen abflachte, Lippenlinien zeichnete, Kinne wölbte. Ja, es ist derselbe Geruch gut gemachter handwerklicher Arbeit.

In meiner Kindheit konnte ich Stunden über Stunden in seiner Werkstatt nur damit verbringen, ihm zuzusehen, wie er das Material bearbeitete, wie er es zu bändigen, ihm eine menschliche Gestalt zu geben versuchte. Ich war beeindruckt von diesem menschlichen Körper, der nach und nach aus der formlosen Masse auftauchte. Und heute nun ist es der menschliche Körper, der meine, der wieder zur Erde zurückkehrt, heute ist es mein Gesicht, das sich in den Schlamm einprägt, darin versinkt, seine Konsistenz verliert.

Diese Auflösung ist ein frisches und angenehmes Gefühl. Es ist eine Lust, sich in Matsch zu verwandeln.

Ich wußte nicht, daß Totsein so ist. Ich dachte mir, ohne viel darüber nachzudenken, es sei eine harte Angelegenheit, alle Leichen seien steif, und nun erfahre ich, daß es eine weiche, schwammige Angelegenheit ist. Wirklich, ich empfinde kein Bedauern.

Ein Glücksfall: Das Wasser ist nicht zu kalt, es ist wie ein letztes Vermächtnis des Sommers. Gewiß, es ist nicht sauber und manchmal launisch, aber es verursacht ein sanftes Gefühl auf der Haut, wie eine Liebkosung. Das zurückflutende Wasser wiegt mich ein wenig. In meinem rechten Ohr höre ich ein leichtes Klopfen. Ich möchte, daß dieses Wiegen nicht aufhört.

Wer sind diese Männer in Uniform, die mit einem überraschten und zugleich sachlichen Gesichtsausdruck auf mich zukommen, deren Münder sich seltsam verziehen, ohne daß ihnen ein Laut entweicht, die ihre Hände in die Hüften stützen, die ihre Käppis lüften, um nach einer Antwort zu suchen, die sie aller Wahrscheinlichkeit nach nicht finden werden? Wer sind diese Männer mit ihrer grotesken Autorität, ihrer Beschränktheit, ihren mechanischen, aber unbeholfenen Bewegungen? Sie scheinen mich wie ein Rätsel zu betrachten. Dabei bin ich ein ganz gewöhnlicher junger Mann.

Was haben sie mich zu photographieren, mich zu vermessen, als bereiteten sie den Kauf meines Sarges vor, wieso verrenken sie sich, um mich aufs Genaueste zu betrachten, wieso kritzeln sie Notizen in kleinkarierte Blöcke?

Was fällt ihnen ein? Sie bemächtigen sich meiner. Sie zerren an meinem Arm. Warum maßen sie sich so etwas an, warum begehen sie eine so frevelhafte Handlung? Ich habe ihnen nichts erlaubt und vor allem nicht, mich zu berühren. Außerdem haben sie grobe Hände. Ich mag keine groben Hände, keine fleischigen Finger, keine speckige Haut.

Jetzt, wo ich auf dem Rücken liege, sind sie ganz nahe herangekommen. Ich spüre, wie das Wasser des Flusses gegen meinen Nacken schlägt, wie die Strömung an meinen zu langen Haaren zerrt, und eine meiner Wangen juckt mich. Sie scheinen zufrieden, fast glücklich zu sein.

Allerdings, einer von ihnen macht ein komisches Gesicht. Ich beobachte, wie er ganz bleich wird, wie er die Augen abwendet, wie Übelkeit in ihm aufsteigt. Sie werden sehen, wenn sich keiner um ihn kümmert, wird er sich gleich erbrechen oder ohnmächtig werden. Irgend jemand sollte sich seiner annehmen! Aber nein, die Farbe kehrt in sein Gesicht zurück, er wendet sich mir wieder zu, er hat seinen Blick einigermaßen in der Gewalt, aber ich ahne, daß er den Tränen nahe ist. Armer Carabiniere: Jage ich dir solche Angst ein?

Anna

Man hat mich angerufen. Die Polizei. Die Stimme am Apparat klang unbeteiligt, ruhig. Ich habe die Worte: »Ertrunken, Leiche, Personenbeschreibung, Verdacht« behalten.

Zum Schluß hat man mir eine Adresse angegeben und mich gebeten, »unverzüglich« zur »Beschau des Körpers« zu kommen.

Ich bin mir nicht sicher, ob es genau diese Formulierung war, aber es war eine Floskel dieser Art, in amtlichem Ton, obwohl sie der Liebessprache hätte entlehnt sein können.

Jetzt befinde ich mich hier, vor den Polizisten.

Ich verstehe zunächst nicht, was sie von mir wollen. Offenbar möchten sie sich meiner Identität versichern; auch meines Geisteszustands. Planlos antworte ich auf ihre indiskreten Fragen.

Als ich ihnen nicht gleich in den Raum folge, den sie mir mit einem kurzen Blick bezeichnen, einem Blick, der immerhin Betretenheit, vielleicht auch Erschöpfung erkennen läßt, reden sie lauter, werden fast grob. Sie brüllen einen Befehl. Zumindest glaube ich, daß sie brüllen, denn alle Worte dröhnen laut in meinem Kopf. Vielleicht haben sie nur die Stimme erhoben? Ich weiß nicht mehr, was wirklich ist, und was ich mir bloß einbilde. Ich folge ihnen. Der Raum, den ich betrete, ist sehr groß, kalt, sauber, ruhig. Grün und weiß, glaube ich. Jedenfalls keine aggressiven Farben. Eher Pastelltöne. In einer Stunde werde ich alles vergessen haben, ich werde mir über nichts mehr sicher sein.

In der Ecke des Raums ein Tisch, ein fahrbarer Tisch, ich sehe die Rollen ganz deutlich. Ein Metallgestell. Und auf dem Tisch eine formlose Masse unter einem Laken. Das Laken ist weiß, aber nicht weiß wie die Laken meiner Mutter, eher wie die einer Klinik. Außerdem nehme ich an der Kante, die auf meiner Seite herunterhängt, eine rote Borte wahr.

Sie stellen mir erneut Fragen, sie wollen wissen, ob alles in Ordnung ist. Ich nicke mit dem Kopf, was »ja« heißen soll. Sie machen nicht den Eindruck, als glaubten sie mir. Und doch halte ich mich aufrecht, ich zittere zwar etwas, aber der Raum ist auch sehr kalt.

Sie sagen mir vorsorglich, daß sie gleich das Laken anheben, daß Mut von mir verlangt würde, daß der Körper lange im Wasser gelegen habe, daß die Verwesung und das Aufgetriebensein ihn entstellt hätten. Ihre Worte dringen nur gedämpft zu mir, wie von fern, unwirklich.

Eine watteweiche Atmosphäre umhüllt mich. Ich fühle mich merkwürdigerweise beschützt.

Das Laken hebt sich, und plötzlich erschlägt mich, wie eine niederschmetternde Bürde, das Gesicht, die Fäule auf der Wange, die verquollenen Augenlider, die an manchen Stellen aufgerissene Haut, die geplatzten Adern, die grünliche Weiße, die der des Raums ähnelt. Nicht der geringste Zweifel ist möglich. Es handelt sich um Luca.

Mir kommt es so vor, als lächele er mich an. Da lächele ich zurück. Ich kann nicht anders. Die Polizisten sehen nicht so aus, als verstünden sie dieses Lächeln. Sie denken bestimmt, ich sei verrückt.

Oder des Mordes schuldig.

Der Todesgeruch, den die in Zersetzung befindliche Leiche verströmt, läßt mein Lächeln erlöschen. Mir wird schwindlig von dem Gestank. Einer der Männer hält mich am Arm, stützt mich, fragt mich, ob ich mich setzen möchte. Ich habe keinen bestimmten Wunsch. Also äußere ich auch keinen.

Leo

Seit fast einer Woche kein Lebenszeichen von Luca. Sein Handy ist ständig abgeschaltet: Ich lande jedesmal direkt auf seiner Mailbox. Ich hinterlasse keine Nachricht: Er hat es mir verboten, und bisweilen gehorche ich.

Dieses lange Schweigen sieht ihm eigentlich nicht ähnlich. Ich kenne sie alle, fast alle, seine Ausflüchte, seine kleinen Arrangements, seine großen Verzichte, aber früher oder später meldet er sich immer wieder, mit einer Stimme, als sei nichts gewesen, oder aber er kreuzt mit eingezogenem Schwanz auf, unser schöner Empfindsamer. Selten dauern seine Seitensprünge so lange.

Ich könnte mir Sorgen machen, gewiß, aber das ist nicht meine Art. Und außerdem bin ich nicht seine Mutter. Wenn er mir Angst einjagen will, da hat er sich vertan. Ich werde mich gewiß nicht unter die Räder werfen, weil der Herr sich ein paar Tage lang nicht meldet. Da kennt man mich schlecht.

Also, ehe ich mich darunter werfe, sehe ich sie doch lieber rollen, die Räder. Ich betrachte die ankommenden und abfahrenden Züge, ich betrachte den Rost. Ja, den Rost habe ich schon immer gemocht.

Hier auf dem Bahnhof verbringe ich meine Tage.

Ich stehe unmittelbar neben rostigen Leitungen, am Fuß von Eisenkonstruktionen, in dem Wind, der durch die zersprungenen Glasdächer hereinbläst. Ich beobachte den Schmutz des Bahnhofs von Florenz, diesen Schmutz, den die Leute hinter sich zurücklassen und den der Luftzug herumwirbelt. Ich atme Fritten- und Uringerüche und ein Gemisch aus Rauch und Qualm. Ich sehe die dicke, graue Schicht, die alles bedeckt und die sich schließlich auf die Haut legt. Ich betrachte die herumflatternden Zeitungen, die überquellenden Müllbehälter, das auf dem Boden liegende Sandwichpapier, diese ganze Unordnung, die Menschen hinterlassen. Dieses Vergnügen an der alltäglichen Häßlichkeit ist zweifellos pervers.

Ich bin die Hast des Bahnhofs gewohnt, die ständige Bewegung, Leute, die rennen, um einen abfahrenden Zug zu erreichen, Leute, die den Kopf verlieren, die, die schnell hinaus und nach Hause kommen wollen, Leute, die sich irren, die hin- und herlaufen auf der Suche nach »ihrem« Bahnsteig, nach einem Hinweis, der sie retten würde, Leute, die mit erhobener Nase herumlaufen, ohne die anderen wahrzunehmen, die direkt neben ihnen, häufig sogar im Gleichschritt mit ihnen gehen, ihre merkwürdige Einsamkeit inmitten so vieler anderer, die sie berühren.

Ich betrachte Leute, deren Wege sich kreuzen, die sich beinahe streifen, die sich zweifellos nur dies eine Mal im Leben so nahe kommen. Ich bin Zeuge von Begegnungen, die keine sind, von kurzen Vertraulichkeiten, die der endgültigen Trennung vorangehen.

Eines Tages hat sich Luca aus dieser diffusen Menge gelöst und ist auf mich zugekommen. Ja, er ist auf mich zugekommen, mit selbstsicherem Schritt und völlig ruhigem Gesichtsausdruck. Ich war betroffen von diesem Selbstvertrauen, das einem Versprechen glich und das ich nicht als Arroganz auslegte. Er trug lange Haare, die ihm auf die Schultern herabfielen. Sein Gesicht war das eines Christus, der sich in einen Film von Pasolini verirrt haben könnte.

Als er auf meiner Höhe angelangt war, hat er nur gesagt: »Mein Name ist Luca.«

Es war gut, daß er mich angesprochen hat.

Luca

Er umkreist mich. Ein Mann ohne Alter, mit einer pockennarbigen Haut, dicken Brillengläsern, Schweißtropfen auf der Stirn und einer Knoblauchfahne. Er ist mit einer lächerlichen olivgrünen Mütze ausstaffiert. Der Stoff wirkt wie Papier. Er trägt einen Kittel aus demselben Stoff wie die Mütze, der mich an die Windjacken erinnert, die in Vergnügungsparks kostenlos verteilt werden. Hinter seinem Schädel hängen drei grellweiße Lichtkugeln von der Decke, drei vereinigte Sonnen, in die man nicht direkt blicken kann und die eine künstliche Hitze verbreiten, in der feiner Staub herumwirbelt. Wir beide sind allein an diesem unwirklichen Ort. Und er umkreist mich.

Es sieht nicht nach einem Tanz aus, dazu ist der Mann nicht graziös genug. Es handelt sich eher um eine Observationsrunde, als ob wir uns auf eine Schlacht vorbereiten müßten. Aber ich rühre mich nicht, ich liege ausgestreckt und unbeweglich auf einem Metallbett. Ich spüre übrigens das kalte Metall in meinem Rücken. Meine Arme liegen akkurat an beiden Seiten. Meine Haare sind hochgeschoben, um den Hals freizumachen. Ich bin vollkommen nackt. An manchen Körperstellen bemerke ich Schwellungen, Schrammen, blaue Flecken. Und meine Wange juckt mich die ganze Zeit. Warum liege ich nackt auf einem Bett und werde von einem Mann umkreist?

Keine Frage, mit solch einem Typen schlafe ich nicht. Sollte er unanständige Absichten erkennen lassen, werde ich brüllen und um Hilfe rufen. In diesen Gefilden gibt es bestimmt barmherzige Samariter, die herbeieilen, um mich zu befreien. Und die ganze Zeit diese drei Sonnen, der herumwirbelnde Staub, das Olivgrün.

Er macht sich Notizen. Ich versichere Ihnen, auch dieser Typ macht sich Notizen. Er kritzelt etwas auf ein Blatt, das auf einer harten Unterlage befestigt ist, die die Konsistenz von Holz hat und an den Rändern, dort, wo die Finger sie halten, schwarz geworden ist. Offensichtlich schreibt er Dinge auf, die mich betreffen. Und es ist schon ärgerlich, so hingelegt zu werden, sich nicht rühren zu können und die klinischen Blicke dieses dicken Marsmenschen ertragen zu müssen. Was mag er wohl notieren? Die Größe meines Geschlechtsteils? Den Schmutz meiner Fingernägel? Die Länge der Narbe, die ein Motorradunfall hinterlassen hat? Was soll das! Wenn ich nicht lahmgelegt wäre, würde ich ihn und seine Blätter bestimmt zum Teufel schicken.

Er hat seine Notizen beiseite gelegt und kommt zu mir zurück, dieses Mal bewaffnet mit einer Art Skalpell. Es ist kaum zu glauben: ein Skalpell! Und dann setzt er es wortlos in Höhe meines Brustbeins an und läßt es mit einem Ruck bis zum Ansatz meiner Schamhaare hinabgleiten. Da ich meinen Kopf nicht anheben kann, sehe ich nichts, aber ich spüre deutlich ein Kribbeln. Dieser Kerl ist gerade dabei, mich zu öffnen, mich aufzuschneiden. Hat er die Absicht, mich in kleine Stücke zu zerteilen?

Er fährt mit großem Eifer fort. Er besitzt Ausdauer, unser Marsmensch. Er schneidet, tranchiert, entfernt, wühlt herum, hebt an, faßt hinein, räumt beiseite, legt wieder zurück, schneidet weiter, schnippelt, zertrennt, hält inne. Die Klinge ist schmal, scharf, geschmeidig. Sie kitzelt mich ein wenig.

Der Gestank meiner Eingeweide, der abscheuliche Geruch meiner durchwühlten Innereien verursacht mir Unbehagen. Ich denke an die Rosen, die ich beim Weggehen in ihrer Vase auf dem Couchtisch zurückgelassen habe. Anna hatte sie mir gebracht. Sie sagte, sie sei zuerst versucht gewesen, die Tulpen, die sie unten auf dem Markt vor meiner Tür sah, zu nehmen, aber Tulpen würden nach nichts riechen. Ich denke an Blumen, die keinen Geruch haben.

Der Schlachter bringt sich wieder in Erinnerung. Er hat inzwischen Faden und Nadel zur Hand genommen und beginnt, mich zusammenzuflicken. Ich spüre den Faden, der an den Wundrändern entlangläuft, um sie zusammenzubringen und zu schließen. So gekonnt mir das Zerlegen vorgekommen ist, so gepfuscht erscheint mir nun das Zusammenflicken. Wie werde ich am Ende aussehen mit meinen schlecht vernähten Schnitten, mit meinen so unsinnig wieder gekitteten Gelenken?

Ich könnte den dicken Kerl wissen lassen, daß mir das alles nicht einmal weh getan hat, aber ich habe offen gesagt keine Lust, eine Unterhaltung anzufangen. Er tut ja nur, was er tun muß. Wenn er allerdings glaubt, er könne durch die Untersuchung meiner Innereien in meine Geheimnisse eindringen, dann täuscht er sich gewaltig.

Anna

Lucas Eltern und ich haben natürlich versucht, die Obduktion zu verhindern, aber sie haben uns versichert, daß es keinen Sinn habe, sich zu widersetzen, daß wir nicht das Recht dazu hätten. Wir haben ihnen geglaubt, weil es keine andere Möglichkeit gab. Sie haben behauptet, daß man bei dieser Art von Todesfällen immer eine Obduktion durchführe, daß das Gesetz verlange, die genauen Todesursachen festzustellen.

Die genauen Todesursachen.

Was anderes erwarten sie in seinen zerrissenen Lungen zu finden als Wasser? Glauben sie, man habe ihn unter Drogen gesetzt, vergiftet? Suchen sie nach Spuren von Zyankali? Vielleicht denken sie, sie könnten die Fingerabdrücke eines Unbekannten entdecken, der ihn von einer Brücke gestoßen hat, damit er im Fluß ertrinkt? Diese Dummköpfe von Untersuchungsbeamten! Mord ist in jedem Fall eine absurde Hypothese.

»Kannten Sie ihn so gut, daß Sie seine Feinde kennen?«

Es gibt hinterhältige, ganz nebenbei und in vertraulichem Ton gestellte Fragen, die auf den Rücken niedergehen wie Dolchstöße. Ja, ich kannte ihn gut, sogar sehr gut.

»Er verheimlichte Ihnen nichts?«

Nein, ich glaube nicht. Aber wie sollte ich mir wirklich sicher sein?

Sie haben ein besonderes Geschick, Zweifel zu säen, den Eindruck aufkommen zu lassen, die unwahrscheinlichsten Vermutungen seien »in Betracht zu ziehende Spuren«, Verdacht zu wecken. Ich bin fest davon überzeugt, daß ihn niemand umgebracht hat, aber offensichtlich erlaubt mir nichts, dies mit Bestimmtheit zu sagen. Genau das höre ich aus ihrem Mund: »Sie sind nicht imstande, es mit Bestimmtheit zu sagen. Die Obduktion wird uns nützliche Hinweise liefern können.«

Die Obduktion. Eine Schlachterei.

»Aber Sie wissen ja, wir gehen davon aus, daß es sich um einen einfachen Unfall handelt.«

Ein einfacher Unfall. Mein ganzes Leben ist zerstört.

»Er kann sehr gut von einer Brücke gestürzt sein oder ausgeglitten sein, während er am Flußufer entlangging. Wenn wir erst den Tag und die genaue Uhrzeit des Todes festgestellt haben, werden wir aller Wahrscheinlichkeit nach sagen können, an welcher Stelle er ertrunken ist. Wir besitzen sehr genaue Informationen über die Strömungsgeschwindigkeit und die Zusammensetzung des Gerölls, das der Arno mit sich führt. Auch hierfür wird die Obduktion sehr wertvoll sein.«

Sehr wertvoll. Nur das Leben ist es. Man muß vorsichtig mit den Adjektiven umgehen.

Ich erfahre, daß man alles wissen, alles sezieren kann, daß es keine unlösbaren Fragen gibt, daß Obduktionen der bewaffnete Arm der Wahrheit sind.

»Oder aber es handelt sich um Selbstmord. Das Vorhandensein giftiger Substanzen in seinem Körper könnte uns darüber Aufschluß geben.«

Eine Ohrfeige. Ich wende das Gesicht ab. Ich fasse an meine Wange. Ich habe das Gefühl, daß sie rot ist, gerötet von der Ohrfeige, daß sie mich brennt. Als ich schließlich in der Lage bin, den Polizisten ins Gesicht zu blicken, sehe ich den metallischen Glanz in ihren Augen, ein Aufblitzen von purem Haß, den Ausdruck unüberwindlicher Bosheit. Ich bringe kein Wort heraus.

Selbstmord. Ich glaube, ich würde sogar Mord vorziehen.
Folgende Szene läuft vor mir ab: Luca springt in den Fluß, er hält sich mit Gewalt unter dem kalten Wasser, sein Körper wird von der Strömung erfaßt, sein Kopf stößt an ein Hindernis, Blut läuft aus seiner Wange und verflüchtigt sich wie Rauch in der schmutzigen Brühe.
Nein, kein Selbstmord.

Leo

Der Blödmann, er ist tot!

Und ich muß das aus den Nachrufen in *La Repubblica* erfahren!

Diesen Morgen lag ein Exemplar auf der Theke des Bahnhofsrestaurants herum. Als erstes fiel mir der fettgedruckte Name, der aus den anderen Namen herausstach, in die Augen und erregte meine Aufmerksamkeit.

Sein Name.

»Susanna und Guiseppe Salieri, seine Eltern, die Familien Galgano und Della Chiesa und Anna Morante, seine Lebensgefährtin, erfüllen die schmerzliche Pflicht, Sie vom Ableben Luca Salieris zu benachrichtigen, der im Alter von neunundzwanzig Jahren verstorben ist.

Die Totenmesse findet am 26. September um 14 Uhr in der Kirche Santa Maria del Carmine an der Piazza del Carmine in Florenz statt.

Die Beerdigung ist am selben Tag auf dem Friedhof von Trespiano.

Keine Blumen, keine Kränze.

Diese Mitteilung erfolgt statt Karten!«

Der Blödmann!

Ich glaube, die Wut ist das, was mich noch aufrecht hält. Ohne die Wut würde mir schwindlig. Und ich will Haltung bewahren. In mir hämmert es. Ich spüre meinen Herzschlag in den Schläfen und das andringende Blut, und die Brust, die kurz vor dem Zerspringen ist, und den Kopf, der schmerzt, und das Zittern der Beine, die Nervosität. Ich merke, daß nur noch ganz wenig fehlt, um mich in die Knie gehen zu lassen. Aber ich bin nicht der Typ, der Kniebeugen macht. Das würde ich höchstens tun, wenn sich unmittelbar vor meinen Augen etwas Interessantes zum Ablecken fände.

Ich muß mir den Zorn, die Erregtheit erhalten. Damit komme ich weiter. Ich tänzle auf der Stelle, die Hände in den Taschen. Die Bändel meiner Kapuze schlagen mir gegen die Wangen. Ich versuche, den Nacken zu entspannen, ich drehe den Hals hin und her. Die Jungs sprechen mich auf meine Nervosität an, aber ich antworte ihnen nicht. Ich werfe ihnen nur einen finsteren Blick zu, einen jener Blicke, die jede weitere Bemerkung verbieten. Da schauen sie auf den Boden, sie kratzen sich am Hals, und ich tänzle weiter.

Ich ziehe an einer Zigarette, die Asche glüht auf, ich zerkaue das Filterende. Nicht flennen. Vor allem, nicht flennen.

Ist das deine Art, einem Neuigkeiten mitzuteilen? Ich weiß gut, daß ich immer im Schatten war, immer außen vor geblieben bin, daß es niemanden gibt, der hätte darauf kommen können, mich zu benachrichtigen, aber du wirst zugeben, es durch die Zeitung zu erfahren, das haut einen um.

Natürlich kann ich nicht erwarten, daß man mir eine Todesanzeige schickt, ein hübsches Trauerkuvert, aber ich denke, es gibt schonendere Arten, so etwas zu erfahren.

In Wirklichkeit ist es sein Tod, den ich nicht wegstecken kann. Alle diese blöden Überlegungen wegen der Zeitungsanzeige stelle ich nur an, weil mir das erspart, auf die Hauptsache zurückzukommen. Und die Hauptsache ist, daß ich ihn nie wieder sehen werde. Schon von klein auf brauchte ich Ablenkungsmanöver.

Was mag ihm zugestoßen sein? Davon steht nichts in *La Repubblica*. Es heißt nicht einmal »tödlicher Unfall«. Was soll ich davon halten? Und was bleibt mir, außer dem Schmerz? Einem Scheißschmerz. Einem rasenden Kopfweh. Und meine Zigaretten sind alle. Sandro, der mir eine von seinen gibt und sie anzündet, hält seine Hände lange vor mein Gesicht, als wolle er sie darauf legen, mich berühren, mich streicheln. Eine Geste des Schutzes, der Zärtlichkeit. Ich schaue seine Hände an, die warten, und ich würde am liebsten mein Gesicht darin vergraben. Selbstverständlich beherrsche ich mich.

Nicht flennen.

Luca

Es ist dieselbe Art von nüchternem, aseptischen Raum, aber diesmal ist es kein dicker, schwitzender Kerl. Die Frau, die mich empfängt, ist jung, vielleicht dreißig Jahre alt, ihr Ausdruck ist sanft, entspannt. Es wird zur Gewohnheit, daß ich mich ganz nackt auf einem Eisentisch liegend vorfinde, fremden Blicken ausgesetzt. Nun, wenn es schon sein muß, ziehe ich die grünen Augen dieser Frau, die sich über mich beugt, vor. Ich habe immer gemocht, daß junge Frauen sich über mich beugen.

Es ist wie in einem erotischen Traum. Sie trägt ein weißes Kostüm. Eine enge Bluse preßt ihren Oberkörper zusammen, bildet eine markante Linie zwischen ihren beiden Brüsten und läßt diese hervorquellen. Auf dem linken Busen hat sie einen Leberfleck, ich schwöre, daß ich nichts erfinde. Frauen, die an dieser Stelle einen Leberfleck tragen, haben immer schon gewonnen, alle Männer werden Ihnen das bestätigen.

Sie trägt ein nach Lavendel duftendes Vormittagsparfüm. In Wirklichkeit riecht sie nach Seife. Sie riecht frisch geduscht. Plötzlich habe ich Lust, mit ihr zusammen zu duschen. Fortsetzung des erotischen Traums.

Als sie das Laken abnimmt, das mich von den Zehenspitzen bis zu den Schultern bedeckt, als sie die Narben sieht, die verklebten Fäden, die klaffenden, noch immer blutigen Wunden, die verkrusteten Ränder, die aufgedunsenen Stellen, die Blasen, die Schwellungen, schreckt sie mit keiner Bewegung zurück. Nicht das allergeringste Erstaunen, weder

Bestürzung noch Abscheu zeigt sich in ihren Augen. Man muß annehmen, daß sie ständigen Umgang mit dem Schrekken hat.

Sie streift sich Plastikhandschuhe über. Sie befestigt die Gummibänder einer Papiermaske hinter den Ohren. Es ist erstaunlich, daß diese Geste, die in Operationssäle gehört, auch eine sinnliche Geste sein kann. Ich kann ihre Lippen nicht mehr sehen. Ich erkenne nur noch das obere Ende des Nasenrückens und die grünen, sehr sanften Augen. Über ihr rechtes Auge fällt eine Haarsträhne. Dieser Anblick bringt mich für einen Augenblick zu Anna zurück. Die Haarsträhne über den Augen, das ist blitzartig Anna.

Die junge Frau berührt meine Wange ganz zart mit ihrer linken Hand. Endlich! Wie lange mich das schon juckt! Mit der anderen, freien Hand greift sie nach einer Spritze, die sie neben der eiternden Stelle einführt. Eine kalte Flüssigkeit verbreitet sich unter meiner Haut, strafft sie und entspannt sie gleichzeitig. Ich spüre, daß ich zu dieser Zauberin des Skalpells Vertrauen haben kann.

Mehr als eine Stunde lang schabt, poliert, modelliert, rekonstruiert, massiert, glättet, kaschiert sie. Jede Menge Instrumente, Pinsel, Flüssigkeiten, Salben, Pomaden und Puder stehen ihr zur Verfügung.

Und am Ende kommt ein ganz neuer Körper zum Vorschein, befreit von Narben, Schnitten, Rissen, Schrammen und Schwellungen. Ein fast vollkommenes Äußeres, eine fast makellose Weiße.

Die junge Frau ordnet meine Haare so an, daß sie auf meinen Schultern aufliegen. Mehr denn je muß ich einem Christus gleichen. Es fehlt nur noch das Kreuz. Aber in Anbetracht der Rendezvous, die mir bevorstehen, ist dies nur noch eine Frage der Zeit.

Ein letztes Mal tupft sie mich rund um die Augen mit einem Wattebausch ab. Das ist der Schlußstrich. Dann streift sie ihre Handschuhe mit einem schnalzenden Geräusch ab, das in der fast religiösen Stille des Raums widerhallt. Sie tritt etwas zurück, wie man es vor einem Gemälde tut, und betrachtet mich. Ihre Arbeit scheint sie zufriedenzustellen. Die Einbalsamiererin ist eine Künstlerin.

Anna

Sich ganz und gar auf das amtlicherseits Erforderliche, auf die organisatorischen Probleme, auf die zu erledigenden Formalitäten konzentrieren. Pragmatisch, organisiert, exakt funktionieren. Die Zeitung daran erinnern, die Todesanzeige ein zweites Mal zu veröffentlichen. Kontakt mit dem Bestattungsinstitut aufnehmen, das alle Fragen kennt, die man bedenken muß, und das auf jede eine Antwort hat: Die Einbalsamierung ist veranlaßt, Lucas Eltern bestehen darauf, sie wollen ihren Sohn ein letztes Mal unversehrt sehen, sein Körper soll der Menge in einer zurückgewonnenen Jungfräulichkeit gezeigt werden, so, als sei nichts geschehen; der Sarg – aus Eiche, etwas Massives, Vorzeigbares, Solides, Imposantes, zweifellos etwas kitschig, vor allem Vergoldungen, die Familie muß sich ihres Standes würdig erweisen; der Blumenschmuck – nein, keine Blumen, keinen benebelnden Duft, der zu Ohnmachten führt, nicht diese Verschwendung von Weiß, die eher an Hochzeiten erinnert; die Zeremonie – selbstverständlich nüchtern, aber mit einer ergreifenden Predigt, einem Priester, der es versteht, Tränen fließen zu lassen, einer guten traditionellen Ansprache, voller Katholizismus und religiösem Tamtam. Die Bestattungserlaubnis? Ja, die haben wir. Die Polizei hat die Ergebnisse der Obduktion noch immer nicht mitgeteilt, aber sie hat wenigstens die Erlaubnis ausgestellt. Alles ist in Ordnung. Jetzt bleibt nur noch der Zusammenbruch.

Nein, da sind noch die Mitteilungen an die Versicherungen, auszufüllende Papiere, Tonnen von Papier, zu leistende

Unterschriften, Ermächtigungen, und all das, was ich vergesse.

Und außerdem müssen Leute benachrichtigt werden, nicht alle lesen die Zeitung, Freunde, näher- und fernerstehende Personen. Immer dieselben Worte wiederholen: »Luca ist tot ... Ertrunken ... Ja, furchtbar ... Eine Tragödie ... Ja, so jung ...« Als Antwort immer dieselben Worte hören: »Tiefempfundenes Beileid ... Unsere herzliche Anteilnahme ... Wenn wir Ihnen mit irgend etwas behilflich sein können ... Wir werden natürlich zur Beisetzung kommen ...«

Endlich zusammenbrechen. Heiße Tränen vergießen. Sich ausweinen, sagt man nicht so? Nein, schon wieder klingelt das Telefon, kommen Briefe und Telegramme. Auch Blumen, nicht alle lesen die Zeitung.

Unerträglich, die Blumen. Es wird einem schwerfallen, irgendwann noch einmal Blumen zu kaufen. Man wird alle Vasen wegwerfen müssen.

Von dem schrecklichen Gedanken verfolgt werden, sich allein in der Wohnung wiederzufinden, in der er nicht mehr ist, sich in der Totenstille der leeren Räume zu bewegen. Und in anderen Augenblicken, ohne daß es sich in geringster Weise um einen Widerspruch handelt, der Wunsch, allein zu sein, vollkommen allein, mit niemandem mehr zu reden, den Telefonstecker herauszuziehen, die Türen zu verriegeln, sich um nichts mehr zu kümmern, sich willenlos auf die Couch zu legen, sich fallenzulassen, sich von Kummer und Schmerz überwältigen und wegtragen zu lassen. Zu begreifen, was mit dem Ausdruck »nackter Schmerz« gemeint ist.

Dann die Rückkehr auf die Bühne: das Telefon wieder einstecken, die Türen wieder aufschließen, reden, entscheiden, Preise aushandeln, die Beerdigung in allen Einzelheiten vorausbedenken, der unüberwindlichen Stumpfheit der Eltern, meiner Beinahe-Schwiegereltern, entgegentreten, sich mutig erweisen, ein richtiges kleines Zugpferd spielen, manchmal lächeln, mit einem erzwungenen, erschöpften Lächeln, das gleich wieder in sich zusammenfällt, die Dinge mechanisch tun, weil irgend jemand diese Dinge tun muß. Nicht allein sein, sich dieses Entsetzen ersparen.

Und erneut der dringende Wunsch nach Ruhe und Frieden, nach Schutz vor der Welt.

Eine Pendelbewegung, die in den Wahnsinn treiben könnte und die den einzigen Vorteil hat, mich am Leben zu halten.

Leo

Ich kann nicht auf Unschuld plädieren, weil ich auf dem Bahnhof bin, weil ich einer der Jungs vom Bahnhof bin. Ich weiß genau, was ich tue. Ich könnte behaupten, daß ich aus Langeweile hier bin, um die Zeit totzuschlagen, aber das ist es nicht: Ich komme hierher, um meinen Lebensunterhalt zu verdienen.

Um mich herum flegeln sich noch Halbwüchsige gegen die Pfeiler, entspannen sich, bieten ein Versprechen an. Wir sind etwa fünfzehn. Ich bin einer der Ältesten: Ich bin zweiundzwanzig, bald dreiundzwanzig. Wir reden nicht miteinander, wir sammeln uns hier und warten darauf, angesprochen zu werden.

Die Nervosität der ersten Male ist völlig verschwunden. Sie hat einem kleinen, alltäglichen Geschäft Platz gemacht. Die suchenden Blicke der Kunden, denen man in den ersten Wochen auswich, provoziert man nun. Denn man muß Kohle machen.

Auf der Durchreise befindliche Männer bitte ich, mir auf die Bahnhofstoiletten zu folgen. Ich gehe vor ihnen her, mein Gang ist mit den Jahren sicherer geworden. Ich spüre sie in meinem Rücken, ich spüre ihre Scham, ihre Hast, ihre Angst, ertappt, erkannt zu werden. Mit einem kurzen Kopfnicken zeige ich auf eine Tür. Ich stelle klar, daß ich nicht küsse. Obwohl mir das scheißegal ist. Der Tarif ist schon mit den ersten Worten festgelegt worden. Das Geld wechselt aus ihren Portemonnaies, die sie zitternd in der Hand halten, in die Tasche meiner Jeans. Die Männer gleiten an meinem

Körper hinab, tauchen ihre Gesichter zwischen meine Beine, knöpfen die Hose auf, bemächtigen sich meines Körpers. Ich bin an ihre Heftigkeit, an ihr Ungeschick und ihre gelegentliche Gewalttätigkeit gewöhnt. Ich spüre den Rand ihrer feuchten Lippen auf meinem Schwanz. Es dauert im allgemeinen nicht lange, dieses ungeschickte Skandieren. Es ist meist hastig, flüchtig, lächerlich. Wenn die Männer sich aufrichten, rücke ich meine Jeans zurecht. Ich sehe, daß sie ihre Gesichter abwischen, Schweißperlen auf der Stirn, Schaumreste im Mundwinkel. Unsere Blicke weichen sich aus. Sie gehen zuerst hinaus, immer. Sie verlieren sich wahrscheinlich rasch in der Menge. Ich warte einen Augenblick, ehe ich die Toilette verlasse. Diejenigen, die sich davor aufhalten, verstehen, was sich gerade abgespielt hat, manche sind sogar extra aufgekreuzt, um an diesem Treiben hinter verschlossenen Türen teilzuhaben. Schweigend drehen und wenden sie ihre schmierigen Hände weiter unter dem dünnen Wasserstrahl eines rostigen Waschbeckens. Auch sie schaue ich nicht an. Ich sehe meine Silhouette im Spiegel, der sich am Eingang zu diesem Treffpunkt der Laster befindet. Ich gehe weiter. Wieder hinaus, um meinen Platz an der Ecke der Schalterhalle erneut einzunehmen. Niemand stellt mir Fragen.

Alles ist fast wie von selbst zur Routine geworden.

Und eines Tages ist ein junger Mann mit entschlossenem Schritt auf mich zugekommen. Er hatte einen ruhigen Gesichtsausdruck und lange Haare, die auf seine Schultern herabfielen. Er glich einem Christus, der sich in einen Film von Pasolini verirrt haben könnte. Er hat nur gesagt: »Mein Name ist Luca.« Damals wußte ich weder, was er von mir wollte, noch was er mir gerade signalisiert hatte.

Ein paar Worte genügten, und ich ließ zu, daß sich mein Leben radikal änderte, daß nichts mehr so sein würde, wie es vorher war.

Heute liegt die *Repubblica* mit der Nachricht von seinem Tod auf dem niedrigen Tisch in meinem Zimmer, wo er mich manchmal aufsuchte, und ich drehe und wende hundertmal dieselbe Frage in meinem Kopf: »Was ist mit dir passiert, Luca Salieri?« Was ist mit dir passiert, daß ich mich so entwaffnet, so ratlos, so betäubt fühle?

Luca

Sie haben mich vor den Altar gestellt.

Sie haben mir einen dunklen Anzug, ein weißes Hemd und eine schwarze Krawatte angezogen. Sie haben meine Arme auf den Bauch gelegt und meine Hände verschränkt. Sie haben meine Augenlider geschlossen, meine Haare geordnet.

Das klingt ganz einfach, wenn ich es so aufzähle, aber Sie können sich nicht vorstellen, welchen Verrenkungen ich mich unterziehen mußte, nur um in meine Kleidung hineinzuschlüpfen. Das kommt daher, daß alle meine Glieder steif sind; das, was man sieht, ist nur Formalin und Puder. Jetzt mache ich einen entspannten Eindruck, aber sie sind übel mit mir umgesprungen, um dieses Resultat zu erzielen.

Mein Kopf ruht auf einem Seidenkissen. Ich könnte fast einschlafen. Mit meiner wächsernen Gesichtsfarbe gleiche ich einem Heiligenbild. Natürlich fühlt man sich etwas eingeengt in einem Sarg. Es ist nicht einfach, sich zu bewegen. Aber das trifft sich gut: Ich kann mich ohnehin nicht bewegen.

Alles riecht frisch, sauber, neu. Ich bin der erste, der sich in diesem Behältnis einrichtet. Ich werde der letzte sein. Maximaler Komfort. Und das Gefühl eines Privilegs.

Die Sonne dringt durch die Glasfenster und hinterläßt auf meiner Wange ein wenig Rot und ein wenig Grün.

Ich bin gut untergebracht, es ist nichts dagegen einzuwenden.

An den Seiten meines Sargs tragen riesige Kandelaber endlos lange Kerzen, die aussehen, als könnten sie nie ganz herunterbrennen.

An meinem Fußende stehen Holzbänke in Reihen wie in der Schule. Ich hätte auch sagen können: »Wie in der Kirche«, aber ich habe keine Erinnerung an Kirchen.

Im übrigen, wenn man mich nach meiner Meinung gefragt hätte, würde ich meine Abneigung gegen diese Art von Feiern deutlich geäußert haben. Ich glaube an überhaupt keinen Gott, und jede Feierlichkeit ist mir ein Greuel. Aber ich weiß, wie sehr meine Eltern an diesem Zeremoniell hängen, an diesem Gold, an dieser Kälte und an der Tradition. Wenn ein Salieri stirbt, dann hat Gott ihn zu sich gerufen. Unter solchen Voraussetzungen läßt sich eine Feier nicht umgehen. Ich bin ihnen nicht wirklich böse. Ich nehme an, daß sie auf diese Weise in die Lage versetzt werden, allmählich mit ihrer Trauer umzugehen, und daß sie sich weniger allein gelassen fühlen mit ihrem Kummer.

Ich bin vor den Altar gestellt worden. Deshalb werde ich nichts von dem Schauspiel haben, denn dies findet selten im Kirchenraum statt. Die Worte werden zu mir dringen, ohne daß ich weiß, wer sie ausspricht. Man wird meinen Namen nennen, meine Lebensgeschichte erzählen, eine Predigt halten, alles in meinem Rücken, und ich werde nur die Zuschauer sehen.

Meine einzige Hoffnung ist, daß es zu Ohnmachten kommt, zu Tränenausbrüchen, zu geflüsterten Unterhaltungen, diskreten Blickwechseln, Hustenanfällen, dem Geplärr eines Babys, daß Beine übereinandergeschlagen und wieder nebeneinandergestellt werden und Meßbücher aus den Händen gleiten.

Schade, daß schönes Wetter ist: Ich hätte auch gern das Plätschern des Regens gegen die Glasfenster, das Heulen des Windes, der an den Türen rüttelt, das Beben des Kirchenschiffs erlebt.

Wenn ich mich zu sehr langweile, werde ich die Fresken in der Brancaccikapelle betrachten. Das Leben des heiligen Petrus als Comic strip, das ist immerhin etwas. Aber eigentlich ziehe ich die Darstellungen der Erbsünde vor. Dieser Fehltritt, für den wir heute noch bezahlen, hat mich von jeher interessiert. Und mir wird plötzlich klar, daß der stumme Schrei Evas bei der Vertreibung aus dem Paradies meiner sein könnte.

Um die düsteren Gedanken zu vertreiben, bleibt mir das wunderschöne Gesicht Filippino Lippis, jenes ergreifende Selbstporträt. Ich bin oft hierhergekommen, um diesem jungen Mann mit dem Mädchenkopf, den üppigen Lippen und dem zwischen Schüchternheit und Verachtung schwankenden Blick gegenüberzutreten. Ich kenne das Lockengewirr und die Entschlossenheit der Nase in- und auswendig. Ich glaube, daß er sich nur meinetwegen umwendet, daß er mich beobachtet. Leo gleicht ihm.

Anna

Warum habe ich nicht jede Minute der letzten Tage mit ihm verbracht, nur mit ihm? Warum bin ich nicht an seiner Seite geblieben, ganz an seiner Seite? Warum bin ich nach Hause gegangen und habe ihn in dem Schubfach seines kalten Zimmers allein gelassen? Warum habe ich nicht alle Sekunden genutzt, die sich mir boten, und auf die ich nie mehr ein Anrecht haben werde? Warum habe ich versäumt, ihn zu betrachten, ihn zu berühren, wo ich doch wußte, daß er mir für alle Ewigkeit genommen würde?

Ausgerechnet hier, in dieser Kirche, während ich ihn ausgestreckt in seiner letzten Bleibe vor mir sehe, schwirren mir diese Gedanken im Kopf herum, wird mir das alles schlagartig bewußt.

Luca ist noch ein Körper, kein Geist. Warum habe ich nicht von diesem Körper Besitz ergriffen? Warum habe ich ihn nicht ein letztes Mal umarmt?

Ich hätte die Starre des Leichnams ertragen, den Gestank: Ich kenne mich. Ich hätte seine Stummheit, seine Unbeweglichkeit akzeptiert: Ich hätte sie mit mir genommen. Ich hätte verstanden, daß er seine Augen geschlossen hält: Ich hätte mich an seinen Schlaf, an sein Einschlummern erinnert, an das erschöpfte Erwachen, an die zerwühlten Laken. Ich hätte meine Finger auf die wundersamerweise wieder glatte Haut gelegt, und ich hätte ein Kribbeln gespürt.

Wie entkommt man diesem Wahn, dem Bewußtsein, die wenige Zeit, die man noch hätte gemeinsam verbringen können, vertan zu haben?

Ich beruhige mich mit dem Gedanken, daß das Personal des Leichenschauhauses mir den Zutritt zu dem Raum, in dem er eingeschlossen war, ohnehin verwehrt hätte; aber ich habe nicht einmal die Frage gestellt. Ich habe nicht daran gedacht.

Auf der Holzbank, auf der man schlecht sitzt, auf der ich mich winde, bricht es über mich herein, bricht alles über mir zusammen. Niemand kann mich erreichen in dieser Verzweiflung, dieser Ohnmacht, dieser Qual, diesem Unglück.

Eine Träne rollt über meine Wange. Lucas Mutter nimmt meine Hand in die ihre, drückt sie, läßt locker, drückt sie erneut. Unser ganzer Schmerz liegt in diesen beiden Händen, die sich umklammern.

Es ist die Geste Schiffbrüchiger, Verurteilter.

Offensichtlich.

Wir hören die Traueransprache. Der Priester ist dick, nur Kirchenmänner können so dick sein. Sein Wanst wölbt sich unter seiner Soutane.

Er hebt die Arme hoch, als bedrohe man ihn mit einer Waffe, aber sein Kopf ist zum Altar hingeneigt: Er liest die Worte Christi.

Ich vernehme seine fast monotone, auf alle Fälle beruhigende, schnurrende Stimme, es klingt wie ein Wiegenlied.

Er fordert uns auf, uns nicht zu ängstigen, versichert uns, daß es noch ein anderes Leben gibt als jenes, das wir hier auf dieser Erde zu führen versuchen, und daß die Lebenden den Frieden finden, wenn ihre Toten sie begleiten.

Ich möchte seiner Predigt gern glauben, aber ich sehe nur Lucas geschlossene Lider, seinen trügerischen Schlaf. Ich würde mich gern durch die Klarheit der Aussage mitreißen lassen, aber ich nehme an einem Leichenbegängnis teil.

Als Lucas Vater zu reden beginnt, erfaßt die Anwesenden ein Schauder. Die Gestalt ist hochaufgerichtet, die Hände zittern, die Stimme ist tonlos, die Worte steigen aus seinem tiefsten Innern auf. Der Mann versteht, Haltung zu bewahren, es ist nicht seine Art, den Leuten ein Schauspiel zu geben. Trotzdem sieht man den Moment kommen, wo er zusammenbrechen wird, wo er nicht mehr anders kann, wo er zusammenbrechen muß. Alle warten gespannt auf die unvermeidliche Katastrophe. Aber er bleibt aufrecht, er wird von einer Entschlossenheit aufrechtgehalten, die ihn über sich hinauswachsen läßt. Die, die noch irgendwie an einen Gott glauben, sehen, wie ihn der Arm dieses Gottes hält.

Drinnen in der Kirche sind die Herzen der Menschen erstarrt. Draußen vor den Portalen ist Florenz, das vibriert, das brodelt, das atmet. Draußen vor den Portalen ist Italien, das seine Arme mit einem Lächeln nach uns ausstreckt. Draußen vor den Portalen geht das Leben weiter.

Es wäre zum Verrücktwerden, wenn es nicht so wäre.

Leo

Kaum zu glauben, diese Milde, jetzt, wo Herbst ist. Diese Milde wünschte man sich für den Rest des Lebens.

Ich stehe vor dem Kirchenportal, ich öffne es nicht. Drinnen sind sie alle versammelt, ich habe sie gerade vorhin hineingehen sehen, aber ich bleibe draußen in der Sonne, in dem hellen Licht. Ich genieße die Milde.

Aufrecht stehe ich da, die Fäuste in den Taschen. Ich habe einen Anzug angezogen. Ich erwarte irgend etwas, das nicht in Worte zu fassen ist und das nicht eintreffen wird.

Ich bin nicht eingeladen worden. Deshalb gehe ich nicht hinein. Na ja, ich weiß, niemand würde meine Anwesenheit bemerken, wenn ich mich entschließen würde, an der Feier teilzunehmen. Daß ich nicht eingeladen worden bin, ist in Wirklichkeit nicht der eigentliche Grund.

Schon immer bin ich derjenige, den man verbirgt, derjenige, der sich nicht zeigen darf. Ich habe mich an dieses Schattendasein gewöhnt. Dieses Versteckspiel hat sogar Vorteile für mich gehabt. Ich hatte nicht den Wunsch, allen diesen Familienangehörigen zu begegnen. Ich wollte nicht, daß sie sich über mich das Maul zerreißen. Vor allem hätte ich mich verpflichtet gefühlt, es ihnen mit gleicher Münze heimzuzahlen.

Es ist idiotisch, auf einmal weiß ich nicht einmal mehr, warum ich mich hierhergeschleppt habe. Wenn ich es nur deshalb getan habe, um vor der Tür zu bleiben, dann hätte ich mir den Weg ersparen können. Zweifellos hat mich etwas getrieben, das stärker war als ich.

Wenn ich in einen Anzug geschlüpft bin, ich, der nie einen Anzug trägt, dann nur, weil ich vorhatte, hineinzugehen. Feigling, geh endlich.

Man denke ja nicht, daß sie es sind, die mir Angst machen. Nein, er ist es. Er, Luca.

Um mich abzulenken, beschließe ich, bis zur Piazza della Repubblica zu gehen und auf der Terrasse des Caffè Gilli ein Glas zu trinken. Ich bestelle einen Martini, was für junge Mädchen.

Auf der rechten Seite des Platzes sehe ich das Schild der Pensione Pendini, das nie abgenommen wurde, und ich stelle mir die alten Engländerinnen vor, die früher hier abstiegen und die, ihren Baedeker wie eine Bibel mit den gichtgekrümmten Fingern haltend, herumreisten. Mir gegenüber bekräftigt eine Neonreklame von Cinzano die Legende von der Beliebtheit Italiens. Diese Nostalgie, die mich eigentlich anwidert, heute beruhigt sie mich.

Ein junger Mann neben mir, mit schweren braunen Locken und schwarzen Augen, erinnert mich an einen anderen, dessen scheuer Stolz sich in einer kurzen Umarmung in unmittelbarer Nähe des Bahnhofs verlor. Er hat einen Leberfleck am Halsansatz, einen schmalen Oberkörper und runde Schultern. Als er aufsteht, bemerke ich das Wiegen seiner Hüften. Während zu Lucas Gedächtnis eine Messe gelesen wird, sind es diese Kleinigkeiten, die mir das Gefühl vermitteln, noch auf der Seite der Lebenden zu sein.

Später, auf der Piazza della Signoria: der *David* aus Marmor vor dem Palazzo Vecchio ist zwar nur eine Kopie, aber der zerstreute Blick, den er von seinem Sockel herabwirft, und sein wie ein Sinnbild der Anmut zurückgebogener Arm genügen, um mich zittern zu lassen.

Ich brauche diese Augenblicke, Augenblicke der Unvergänglichkeit, um nicht laut zu schreien.

Ohne daß ich es gewollt hätte, führen mich meine Schritte vor die Stufen der Kirche Santa Maria del Carmine zurück.

Die Messe ist gelesen. Frauen und Männer in Schwarz, deren Gesichter mir überhaupt nichts sagen, verlassen die Kirche, in Reihen, dicht hintereinander, stumm, sich stützend, sich die Tränen fortwischend. Sie gehen an mir vorbei, ohne mich zu sehen. Nur eine junge Frau wirft mir einen kurzen Blick zu. Sie gleicht der auf den Photos, die Luca mir gezeigt hat.

Luca

Es stimmt, diese Milde ist wunderbar. Es gibt Leute, die träumen von so einem Wetter für ihre Hochzeit. Ich werde es für meine Beerdigung haben.

Sie haben mich zum Friedhof von Trespiano gebracht. Der Weg war nicht weit, und die Leichenwagen verfügen heutzutage über den allermodernsten Komfort. Dieser hier ist sogar mit einer Klimaanlage ausgestattet. Die Toten laufen nicht Gefahr, unter der Hitze zu leiden. Sie gelangen frisch und wohlbehalten zum Bestimmungsort.

Als man mich aus dem Wagen zieht und vier Männer mich auf ihre Schultern nehmen, fühle ich mich wie im Himmel, und die Sonne ist Balsam für mich.

Die Menge ist offensichtlich andächtig. Es ist eindrucksvoll, all diese Leute, die sich meinetwegen versammelt haben, die mir folgen und die tiefbewegt zu sein scheinen. Das kommt nicht alle Tage vor.

Jetzt aber Schluß; ich sollte ihnen einen Blick gönnen und aufhören zu schwadronieren.

Da sind meine Eltern, in der ersten Reihe. Sie tragen eine wächserne Maske, sie werden erdrückt von einer Trauerlast, die sie nie mehr abschütteln können. Für sie ist alles zu Ende. Ihre Tage werden von nun an eine einzige Hölle sein.

Da ist auch Anna, an ihrer Seite. Das schwarze Kleid steht ihr gut. Schwarz ist ihre Farbe, das habe ich ihr immer gesagt. Anna, die nicht meine Witwe sein wird, weil ich nein gesagt habe, als sie mich fragte, ob ich ihr Mann werden will.

Möge ihr wenigstens die nachträgliche Entdeckung meiner kleinen Geheimnisse erspart bleiben.

Da ist eine Ansammlung von Köpfen, die ich nicht voneinander unterscheiden kann, wie auf Renaissancegemälden. Wie groß ist in diesen Köpfen der Anteil an Kummer, wie groß der an Pflichtgefühl?

Und da ist auch noch Leo, ich sehe ihn als letzten, im Hintergrund der Menge, an eine Zypresse gelehnt, er hält Abstand zu der Trauergemeinde. Es ist gut, daß er gekommen ist. Aber wie hat er die Neuigkeit erfahren? Und wo hat er bloß diesen lächerlichen Anzug aufgetrieben?

Ich schwadroniere schon wieder, während ich nahe daran bin, in Rührung zu zerfließen. »Sie sind alle gekommen, sie sind alle da«, ein Schlager geht so. Aus der Menge der Anwesenden heben sich die beiden Körper von Anna und Leo heraus, denen ich wohl ewig nachtrauern werde.

Und dann ist das Ende da, ohne daß ich es habe kommen sehen. Zwei Männer nähern sich, packen den Deckel und schließen den Sarg. Es ist zu Ende mit der milden Sonne auf meiner Wange, dem schönen Licht, den Bäumen, die sich leicht bewegen. Nur noch Finsternis, totale Finsternis, unausweichlich. Nur noch das Knirschen der Schrauben, die zugedreht werden. Nur noch die ungeschickte Bewegung des Sargs, der in sein Loch hinabgelassen wird. Nur noch das trockene Klatschen der Seile, die hochgezogen werden. Nur noch der dumpfe Aufschlag der Erde, die auf meine letzte Bleibe geworfen wird.

Und dieser allerletzte Nachklang, ist es der einer Rose, die aus einer matten Hand herabfällt?

Anna, Leo, um Himmels willen, glaubt mir, daß ich euer Bild mit mir nehme.

Anna

Als sie den Deckel auf den Sarg gelegt haben, als Lucas Gesicht verschwunden war, habe ich nur gedacht: Es ist vorbei, ich habe dieses Gesicht fünf Jahre lang fast täglich gesehen, und ich werde es nie wieder sehen. Ich hätte es eigentlich betrachten sollen, bis die Welt untergeht, die Welt ist noch da, und sein Gesicht ist nicht mehr hier. Dieser einfache Gedanke ist mir durch den Kopf gegangen, den ich nur in diese einfachen Worte fassen kann. Die Trauer ist manchmal eine Regression. Meine Gedanken haben reflexartig das Ende mit dem Anfang verknüpft, und ich habe mich an unsere erste Begegnung in den Boboligärten erinnert. Der junge Mann, der auf der Terrasse des Caffè La Loggia im Schatten eines weißen Sonnenschirms saß, war Luca. Seine Augen waren hinter einer Sonnenbrille verborgen. In den Händen hielt er ein Buch, dessen Lektüre ihn zu fesseln schien. Die *Göttliche Komödie* von Dante: Wie könnte ich das vergessen!

Dieser junge Mann, der so vertieft in seine Lektüre zu sein schien, wahrscheinlich ein Student der Literaturwissenschaft, hatte mich beeindruckt. Ich hatte mich an den Tisch neben ihm gesetzt. Als er trotz der Beharrlichkeit, mit der ich mich immer wieder nach ihm umwandte, nicht in meine Richtung blickte, hatte ich ihn schließlich angesprochen: »Du weißt bestimmt, daß Dante wahnsinnig verliebt war in eine Frau, die Beatrice hieß, und daß seine ganze Inspiration von ihr kam?« Er hatte mich daraufhin erstaunt angesehen und nur geantwortet: »Ich hoffe, daß du nicht Beatrice heißt, denn ich liebe nichts außer Fußball.«

Wie heute wachten die Zypressen über den Gräbern hinter uns, und die Olivenbäume tanzten im Wind. Wie heute schlug es vier Uhr von einem Kirchturm. Er behauptete, er liebe nichts, außer Fußball.

Weg mit diesen Gedanken, koste es, was es wolle. Auf alle Fälle rührselige, melodramatische Szenen vermeiden. Ein großes Mädchen sein. Auch weiter die Solidarität mit der zerstörten Familie demonstrieren. Diese würdige Kopfhaltung beibehalten, diese feierliche Steifheit. Die Veranstaltung bis zum Ende durchstehen. Einsehen, daß in solchen Augenblicken nur diejenigen, die den Schein wahren, aufrichtig sind.

Morgen muß man damit beginnen, Dankbriefe abzufassen, passende Formulierungen zu finden, immer dieselben, die Briefe zu frankieren und auf die Post zu bringen. Man muß den Kreuzweg zu Ende gehen, bis zur letzten Leidensstation. Alles muß mechanisch und exakt ausgeführt werden, nichts darf dem Zufall, der Improvisation überlassen bleiben. Es wäre für mich entsetzlich, wenn man irgendeine Form von Dilettantismus entdeckte.

All das würde dich bestimmt zum Lachen bringen, Luca. Alles brachte dich zum Lachen, vor allem meine Pedanterie, mein Gefallen an zügig abgewickelten Geschäften, meine Sorge, mit nichts in Verzug zu geraten, mein Ordnungssinn. Vor mir waren dir noch nie ordnungsliebende Italienerinnen begegnet.

Aber du hast verstanden, daß ich mich so verhielt, damit alles genauso wäre, wie es sein sollte, damit Platz bliebe für die wichtigen Dinge, damit wir niemals durch materielle Kleinigkeiten beeinträchtigt würden, damit es am Schluß nur noch uns beide gäbe.

Trotzdem, es brachte dich zum Lachen. In diesem Lachen lag alles, was wir einander waren, nicht wahr?

Leo

Ich öffne meinen obersten Hemdenknopf. Ich reiße meinen Kragen auf. Ich ersticke. Wie machen es bloß die, die jeden Tag Krawatten tragen? Und wie halten sie diese Hitze aus? Du sagst, ich sei ausstaffiert? Ich weiß wirklich nicht, was mich gepackt hat. In Jeans und T-Shirt hätte ich ebensogut eine letzte Ehrensalve für den Verschwundenen abschießen können.

Eine »letzte Ehrensalve«. Das Vokabular des Todes und das des Sex ähneln sich auf lächerliche Weise. Wenn mir nach Spaßen zumute wäre, würde ich das komisch finden.

Es ist mir tatsächlich gelungen, Harzflecken auf meinen Ärmel zu bringen. Das sieht mir ähnlich. Er hat mit Recht behauptet, man könne sich mit mir nicht sehen lassen. Ich sei nicht präsentabel.

Trotzdem, es ist beeindruckend, all diese Leute in Trauer. Diese Trauer schützt sie: Ich kann ihnen nicht böse sein. Fast könnten sie mich rühren.

Ich mische mich trotzdem nicht unter sie. Man soll nichts übertreiben. Ich mag es, im Hintergrund, im Dunkeln zu bleiben. Ich erinnere mich an geraubte Küsse im Dunkel der Gassen von Florenz.

Es kribbelt in meinen Beinen. Dabei bin ich das Stehen gewohnt. Das ist die Nervosität, eine beschissene Nervosität.

Ich sehe Anna von hinten, sie muß es sein. Sie steht aufrecht da, sie hat eine Wahnsinnshaltung, ich verstehe besser.

Ich sehe auch den Vater. Mir fällt keine Ähnlichkeit auf. Man braucht seinem Vater nicht ähnlich zu sehen.

Und die ganze noble Verwandtschaft. Das riecht nach Christlicher Demokratie, diese Gesellschaft, die Barone und Geistlichen der Republik. Bei mir würden sie eine Abreibung bekommen. Wir anderen, wir sind nicht abgeneigt, von Zeit zu Zeit drastisch zuzupacken.

Die Wut, erneut diese Wut. Sie rettet mich.

Dann schweift mein Blick über die Gräber, folgt ziellos den Friedhofsalleen. Und plötzlich habe ich das Gefühl, das ganze Unglück der Menschheit breche über mich herein, der ganze Schmerz derjenigen, die jemanden verloren haben, breite sich vor mir aus. Ich sehe den blendenden Marmor, die verwelkten Sonnenblumen, Photographien in schwarzweiß, die hinter dem beschlagenen Medaillon verrotten. Und ein Zug der Trostlosigkeit entrollt sich vor meinen Augen. Ich nehme die Traurigkeit wahr, die die Körper niederbeugt und erdrückt. Und das läßt mich schlagartig aus dieser Kulisse hochschrecken.

Ich muß unverzüglich an Herzen denken, die lebendig schlagen, an Körper, die zittern, an Geschlechtsteile, die unter der Kleidung anschwellen. Sonst bleibt mir nur noch, mich zu erschießen.

Ich brauche den Sommer, Wärme, nackte Haut, vibrierende Luft, die in meine Lungen dringt, Schweißspuren auf dem Rücken, Hände, die sich bewegen, Lachen und Erschöpfung. Sonst ist Winter.

Ich verdrücke mich, ehe die Zeremonie auf dem Friedhof zu Ende ist. Ich kehre so schnell wie möglich zurück zu dem schmierigen Schmutz des Bahnhofs, zu dem erdrückenden Schweißdunst der Pissoirs. Soviel steht fest: Ich ziehe das Gewimmel einer gleichgültigen Menge dem regungslosen Herumstehen einer Trauergemeinde vor.

Luca

Es ist wie in der Kindheit: Ich habe ein neues Versteck entdeckt. Wenn man es nicht mit so großem Pomp eingeweiht hätte, käme wahrscheinlich niemand darauf, mich hier zu suchen. Trotz der Grabmale, die als Hinweistafeln dienen, liegt es abseits des Getriebes der Welt, ganz im Verborgenen, und die Gefahr ist wirklich gering, daß jemand auftaucht, um mich zu stören.

In ein paar Jahren wird man bestimmt an mir vorbeigehen, ohne mich zu sehen.

Die Erde drückt mich ein wenig, gewiß, aber ich liebe den Gedanken, mit ihr eins zu werden, mich in ihr aufzulösen, von ihr aufgesogen zu werden, zu ihr zurückzukehren. Es ist sonderbar, daß man mir die gute Erde wiedergegeben hat, auf der ich ruhte, als sie mich am Arno entdeckten. Letzten Endes entkommt man dem Los, das einem zugefallen ist, nicht. Ich beklage mich nicht darüber.

Noch mehr drückt mich die Stille, verständlicherweise. Alle Geräusche der Außenwelt dringen abgeschwächt zu mir. Die Unterhaltungen sind nur ein Geflüster, der Gesang der Vögel kaum ein schwaches Gezwitscher, die Schritte über meinem Kopf fast immer Prozessionen. Das Knirschen eines Rechens auf dem Kies, das Knacken der Zweige unter den Schritten der Gärtner, das Plätschern des Regens auf den Grabsteinen, das Geschrei der Welt draußen, alles sind nur noch gedämpfte Laute.

Kein Duft läßt meine Nasenflügel vibrieren: Rimbaud hatte recht, aber daran habe ich auch nie gezweifelt.

Und das Licht fehlt mir, das schöne, heiße Licht von Florenz. Ja, dieses Eingesperrtsein in die absolute Finsternis bringt mich um das, was ich am meisten genossen habe: den Glanz des Tageslichts. Das Azurblau des Himmels, das Gelb der Sonne, wirklich, es gibt nichts Schöneres auf der Welt.

Außerdem habe ich schon seit einiger Zeit die Fähigkeit verloren, mich zu bewegen, ebenso die zu spüren, zu tasten, zu streicheln, zu umarmen. Auch das entbehre ich: die Umarmungen. Alles entgleitet mir.

Ich leide vor allem unter der Isolation, dem Ausgeschlossensein. Diese Verbannung scheint mir bisweilen der Preis für Fehler zu sein, die ich meiner Erinnerung nach gar nicht begangen habe.

Ich möchte lieber glauben, es sei ein Exil, ein freiwilliger Rückzug, eine Flucht, die ich selbst organisiert habe. Ich ertappe mich, wie ich von richtigen Wüsten, von unendlichen Horizonten, von grenzenlosen Ebenen träume. Ich erfinde neue Landkarten. Es sind andere Lokalisierungen für die Einsamkeit.

Anna

Ich gehe ziellos durch die unbeteiligte Stadt, die das bleierne Licht dieses Sonntags vorzeitig in Herbststimmung taucht. Ich schaue auf den Fluß hinunter, der durch den gestrigen Regen angeschwollen ist und der meinen Kummer mit sich führt. Ich folge einfach einer Eisenbahnlinie, die zum Bahnhof führt. Die fast angenehme Frische eines Frühnachmittags mit seiner zögerlichen Sonne, die weder Plätze noch Gassen erwärmt, umgibt mich. Als ich aufschaue, sehe ich das Weiß des Himmels, das von in der Ferne aufziehenden Wolken bedroht wird. An einer Straßenbiegung stoße ich, ohne es zu wollen, wieder auf den Fluß, auf das strudelnde Wasser, und plötzlich erfordert es übermenschliche Kräfte, sich nicht dem Kummer und der Verzweiflung zu überlassen.

Und doch, dies könnte das Glück sein: dieser kurze Moment, dieser bange Augenblick, diese kühle Milde, dieses Innehalten, diese Distanz. Ich habe häufig solche Spaziergänge gemacht, und sie haben eine heitere Stimmung in mir hinterlassen. Manchmal liegen Glück und Unglück merkwürdig nahe beieinander. Es ist erstaunlich, wie sie sich heute ähneln.

Ich kehre nach Hause zurück und entdecke, was es bedeutet, »allein zu sein«; es ist wie ein neues Gefühl. Ja, diese Einsamkeit, die mir mit der Trauer geschenkt wird, ist eine mir bisher unbekannte Empfindung. Ich vernehme ihr Echo in der kathedralenartigen Stille der leeren Wohnung, im Klang meiner Schritte, die auf dem knarrenden Boden stärker widerhallen als sonst, im Fehlen jeder Anwesenheit zwischen den Wänden, die mit mir gealtert sind, in dem Sichausdehnen der Räume.

Ich betrachte die Gegenstände auf den Möbeln: eine auf einer abscheulichen Kommode sitzende Porzellanpuppe, nie gelesene Bücher, sorgfältig in einer Art Bibliothek zusammengestellt, ein ausgewaschenes Glas, umgedreht auf dem emaillierten Spülbecken, ein welkes Blatt unter einer Pflanze, aus einer Schublade quellende Photographien und Postkarten. Und plötzlich begreife ich, daß das Leben sich nicht zurückgezogen hat aus dieser Wohnung: Es hat sie niemals betreten. Luca hat es immer abgelehnt, hier bei mir zu wohnen. Diese plötzliche Erkenntnis, die im Grunde keine Neuigkeit ist, verletzt mich, sie ist das Äußerste an Brutalität.

Mir wird bewußt, daß ich ihn an Orten suche, die nicht die seinen waren, daß ich seine Abwesenheit empfinde, während er nie dauerhaft hier anwesend war. Diese Leere ist nicht neu: Nur, jetzt kann sie mir nicht mehr entgehen.

Und ich? Kann ich ihr entgehen?

Der Schmerz, ich versuche mir das einzugestehen, kommt nicht von der physischen Trennung, auch wenn mir Lucas Körper entsetzlich fehlt. Er ist nicht die Folge seines Verschwindens, denn ich mußte ihn so häufig entbehren. Nein, es ist etwas anderes, etwas, das mit der Gewißheit zu tun hat, nun geteilt, unvollständig zu sein, nicht zu genügen. Ich brauchte das Bewußtsein, zwei zu sein, um Substanz zu gewinnen. Allein existiere ich nicht. Ich kann nicht der Singular unseres vorherigen Plurals sein.

Unter diesen Bedingungen bleibt eigentlich nur der Rückzug, die innere Einkehr. Und doch lassen mich diese Begriffe mit ihrem religiösen Beiklang nicht glauben, daß die Selbstaufgabe die richtige Wahl sein kann und daß sie uns über uns hinauswachsen läßt.

Leo

Seit wann genau besteht mein Leben eigentlich aus Schatten, die vorübergehen, aus Körpern, die sich eine einzige Nacht lang oder noch kürzer aneinanderpressen, aus Gesichtern, an deren Züge ich mich nicht erinnere, aus unbedeutenden Gestalten, belanglosen Gesprächen, unaufrichtigen Beziehungen, zufälligen Begegnungen ohne Aussicht auf ein Morgen, aus kleinen, alltäglichen Geschäften? Habe ich mich wirklich dafür entschieden, so zu leben, so wenig mit der Welt verbunden? Luca war tatsächlich die einzige Bindung. Mit dem Durchtrennen dieses Bands sehe ich mich der totalen Einsamkeit ausgeliefert.

Diese Trennung ist ein Verlassenwerden, ein Im-Stich-gelassen-Werden. Fast ein Verstoßenwerden. Noch nie habe ich mich so amputiert, so geschwächt, so reduziert gefühlt wie heute. Es ist ein sehr deutliches Gefühl, das ich lokalisieren kann, das mir den Magen umdreht, das mich dazu zwingt, mich mit über dem Bauch verschränkten Armen zu krümmen. Es ist etwas Physisches, Körperliches, eine Erschütterung, eine Verheerung, die die unkontrollierten Zuckungen meines Körpers erklären. Mein Zustand erregt Aufsehen, den entsetzten Blicken nach zu urteilen, die mir zugeworfen werden. Ich ermesse, wie ich andere ängstige und beunruhige. Die Menschen um mich herum müssen den Eindruck gewinnen, ein Fabeltier habe sich in mir eingenistet, das sich im Innern meines Körpers ausdehnt und nur noch darauf wartet, ausgestoßen zu werden. Der Gedanke an den bevorstehenden Ausstoß scheint ihnen panische

Angst einzujagen. Ich bin nicht einmal imstande, ihnen zu erklären, daß nichts herauskommen wird, weil es sich schon im Innern entleert, weil es verrottet, weil es sich auflöst. Nein, da ist kein Monster, das immer größer wird, eher ein gnadenloses Werk der Vernichtung, der Zersetzung. Was ich zu erwarten habe, ist eine Auflösung, eine Zerstückelung, ein Zusammenbruch.

Ich kann unmöglich mit ihnen darüber reden, ihnen sagen, was mit mir geschieht, es in Worte fassen, es aussprechen. Die Sprachlosigkeit heilt mich nicht, ebensowenig wie sie meinen Schmerz beseitigt. Sie ist einfach da, sie befällt mich, sie überwältigt mich. Sie ist nicht einmal eine Frage des Stolzes oder der klägliche Versuch, das Gesicht zu wahren. Nein, sie hilft mir lediglich, unzugänglich, unerreichbar, ganz weit weg zu sein. Diese Distanzierung ist eine primitive Reaktion, nichts weiter.

Ja, eine Barbarei. Aber ungefährlich. Am Ende wird sie nur mich zerstören. Was auf mich zukommt, ist, daß ich mich verbrauche, mich vernichte.

Ich hätte nie gedacht, daß dieser Verlust in der Lage wäre, solche Verheerungen anzurichten. Vielleicht ganz einfach deshalb nicht, weil ich nie daran dachte, ihn zu verlieren.

Ich könnte dem schüchternen jungen Mann, der sich mir für ein paar Scheine an den Hals wirft, alles erzählen; mich dem Debütanten, der sich ungeschickt anbietet, anvertrauen; dem unerfahrenen, in gewisser Weise rührenden Burschen beichten. Wer weiß, er wäre vielleicht fähig, mich zu verstehen, mir eine Art Brüderlichkeit der Fußkranken zu erweisen. Aber er denkt nur an sich, und ich denke nur an mich. Unsere Egoismen sind unversöhnlich.

Ob er, wenn er mein Gesicht ableckt, vielleicht doch merken wird, daß dieser Salzgeschmack nicht von meinem Schweiß, sondern von meinen Tränen herrührt?

Zweites Buch

Du wunderst dich, daß die anderen verständnislos an dir vorbeigehen, wo du selbst an so vielen Menschen ohne Verständnis vorbeigehst und kein Interesse für ihre Not und ihr geheimes Krebsgeschwür aufbringst.

Cesare Pavese
Das Handwerk des Lebens

Luca

Wieder zu Staub werden, wie es in der Bibel geschrieben steht.

Verschwinden. Vergehen.

Ein Segen.

Das Verwesen der Leiche hat begonnen. Die bewundernswerte Arbeit der Einbalsamiererin hat nur so lange gehalten, wie Rosen halten; oder wie Beerdigungen dauern. Die Puder helfen nicht mehr. Die genialen Mittel versagen. Die injizierten Substanzen hören auf zu wirken. Die kunstvoll kaschierten Nähte brechen auf. Das Schauspiel ist zu Ende. Der Vorhang ist gefallen.

Jetzt reißt die Haut in Fetzen ab, das Fleisch bekommt Runzeln, das Pigment kann man vergessen.

Nun machen sich die Würmer ans Gerippe, die Maden gedeihen, das Ungeziefer versammelt sich, um sich von meinem faulenden Fleisch zu ernähren, die Larven kriechen aus meinen eingefallenen Augenhöhlen.

Jetzt werden die Knochen brüchig, sie lösen sich vom Skelett, sie zersplittern im Fallen, sie bilden einen Müll- oder einen Aschenhaufen.

Nun schlägt die Farbe der Nerven von Rot in Schwarz um, die Stränge schnalzen wie Gummibänder, sie schrumpfen, sie verkümmern. Hier findet ein anderes Schauspiel statt. Es gibt noch ein Leben nach dem Tod, das der Aasvertilger; es gibt noch Vibrationen, trotz der ewigen Starre, die des berstenden Gerippes.

In meiner Erinnerung suche ich meinen vorherigen Körper. Ich sehe die langgestreckte Silhouette vor mir, eine magere Gestalt, wie die zu schnell gewachsener Jugendlicher oder die junger Mädchen. Das ist es: Das Bild, das sich mir aufdrängt, ist das eines Mädchenkörpers. Die Hüften sind schmal, der Hintern etwas zu flach, die Haare etwas zu fein. Auch das Gesicht ist langgestreckt, mit zarten Zügen, die vom Schwarz der Augen überschattet werden. An dieses Schwarz klammere ich mich. Die Augen sind die des Vaters. Sie drücken Härte aus, enthalten ein Rätsel, eine eigenartige Vieldeutigkeit. Die Härte hat so häufig köstliche Rückzugsgefechte angetreten. Und dann ist da auch noch die dunkle Hautfarbe, ein orientalischer Einschlag von seiten meiner Mutter. Dieses Orientalische, das ist das Versprechen einer Andersartigkeit. An dieses Versprechen haben sich Anna und Leo geklammert.

Ich habe es eingehalten.

Es gelingt mir nicht, dieses Bild zu bewahren, es verschwimmt, wird unscharf, schwankt, zieht sich zurück und verliert sich. Aber das war auch schon zu meinen Lebzeiten so.

Ich denke daran, daß unausweichlich der Augenblick kommen wird, wo ich mich nicht mehr an mich erinnern kann. Werden die anderen mich dann schon vergessen haben?

Anna

Lucas Eltern haben die Ergebnisse der Obduktion mitgeteilt bekommen. Susanna berichtet mir, alles sei normal. Man könnte meinen, sie rede vom Resultat einer Blutprobe oder einer Röntgenaufnahme. Allerdings: Man habe Spuren eines Schlafmittels, eines starken Schlafmittels gefunden. Das habe den Argwohn der Untersuchungsbeamten erregt, und diese hätten sie befragt, um festzustellen, ob Luca die Angewohnheit hatte, Schlafmittel zu nehmen. Sie habe verneint, dann jedoch bemerkt, daß sie nicht ganz sicher sei und mich fragen wolle. Ich habe keine Schlafstörungen bei Luca bemerkt, ich habe nie gesehen, daß er Tabletten nahm, um einzuschlafen. Aber wir wohnten nicht zusammen, und ich habe nie einen Blick in seinen Arzneischrank geworfen. Alles ist möglich, eingeschlossen der Besitz von Schlafmitteln. Susanna fällt wieder ein, daß ihr die Untersuchungsbeamten versicherten, sie hätten in Lucas Wohnung »keinerlei Substanzen dieser Art gefunden«. Ihre Herkunft sei also bis jetzt unklar. Deshalb rede die Polizei davon, »zusätzliche Ermittlungen« einzuleiten, um sich zu vergewissern, daß Luca diese Schlafmittel nicht mit Gewalt verabreicht wurden, daß ihm nicht jemand Drogen gegeben habe. Ich weiß nicht, was das bedeuten soll, »zusätzliche Ermittlungen«. Ich kann niemanden fragen, und bei der Obduktion wurden, wenn ich Susanna Glauben schenken darf, keinerlei Schlagwunden oder andere Verletzungen entdeckt außer denen, die logischerweise durch den Sturz verursacht worden sind. Das alles scheint mir sehr nebulös. Die Feststellung, daß die Mutter sich so leicht mit den zusätzlichen Ermittlungen abfindet, daß sie diese nicht für überflüssig oder deplaziert, ja sogar für eine Unverschämtheit hält, überrascht mich. In dem Augenblick, wo ich diese Überraschung für mich in Worte fasse, bemerke ich, daß Susanna mich nicht anblickt, ihre ganze Haltung atmet Verlegenheit aus. Dieses Unbehagen, dieses Ausweichen kenne ich nicht an ihr. Sie ist für mich das Symbol des Anstands und der Geradheit. Sie ist eine aufrechte Frau. Und doch, hier, vor mir, beugt sie sich. Trotz des Respekts, den sie mir seit dem allerersten Tag einflößt, trotz der Ehrerbietung, in die sich Ängstlichkeit mischt, wage ich, sie zu fragen, ob es etwas gibt, das sie mir nicht sagt, das sie mir verheimlicht, das ich wissen müßte, und das man mir vorenthält? Anstatt von meiner Frage schockiert zu sein und jene herablassende Haltung anzunehmen, die sie meistens auszeichnet, verneint sie überstürzt und hastig. Und diese abrupte Verneinung scheint mir ein Schuldbekenntnis zu sein. Ich ahne, daß sie gerade gelogen hat, und daß dies eine Art Geständnis ist. Auf alle Fälle verbietet mir ihre Antwort jede Erwiderung. Ich muß allein mit diesem Rätsel fertig werden, mit dieser Undurchdringlichkeit. Da hält Giuseppe seinen Einzug in diesen imposanten, düsteren Raum mit den schweren Farben. Er ist die Verkörperung des Zorns. Sein verzerrtes Gesicht wirkt wie von Abscheu gezeichnet. Aber vielleicht ist das nur der Ausdruck des Kummers. Ich weiß nicht, ob das heikle Thema, das ich berührt zu haben glaube, nicht mein Urteil trübt und mich dazu führt, auch noch das allerkleinste Zeichen zu interpretieren. Und doch, ich bilde mir das nicht ein, sein Gruß ist eisig, auch wenn sogleich die Kälte durch ein echtes Mitgefühl gemildert wird. Diesmal bin ich mir völlig sicher, man verschweigt mir etwas, ein Geheimnis, das ganz offensichtlich furchtbar ist. Ich verbiete mir jede Spekulation und versuche, das Gesicht zu wahren. Aber ich muß immer wieder an die Substanzen denken, über deren Vorhandensein man mich unterrichtet hat. Werfen ihre Spuren in Lucas Organismus tatsächlich entsetzliche Fragen auf? Oder weisen sie auf etwas Schandbares hin? Nach Hause zurückgekehrt, lasse ich mich auf das Sofa fallen. Ich fürchte, mir wird nichts erspart bleiben.

Leo

Das Hotel Solferino sieht einem Ort der Verdammnis zum Verwechseln ähnlich. Diesen Orten, wo sich nur die begegnen, die nichts mehr, keinerlei Bindungen mehr besitzen, die alles hinter sich lassen mußten. Es ist ein Ort für die, die sich isoliert haben oder die isoliert worden sind, und die sich mit einer banalen Einsamkeit, mit geschmacklosen Tapeten, mit vergammelten Teppichböden abfinden. Ein Ort für Schatten, für Schweigsame, für kleine Leute, nicht für Durchreisende, denn es gibt keine Vertreter mehr, nein, hier leben Stammgäste, die ihren Schlüssel an der Theke holen, ohne lange zu fragen, ohne den Concierge zu stören, die über ein eigenes Serviettenfach am Eingang eines kleinen skurrilen Restaurants verfügen. Sie altern mit den Wänden. Mit der Zeit kennen sie sich, grüßen einander mit einem Kopfnicken, wenn sie sich sehen, ohne jedoch irgendwelche Verbindungen zu knüpfen. Es sind Menschen ohne Kommunikation, ohne Geschichte, die eines Tages, häufig ohne Vorankündigung, wieder verschwinden, und deren Platz von anderen Individuen mit demselben Verhalten und demselben Äußeren eingenommen wird, wie in einer endlosen Kette. Ich bin einer von ihnen.

Ich bin ein Phantom, umgeben von Phantomen. Mein Schatten unterscheidet sich nicht von dem meiner Gefährten.

Hier spricht man leise, geht man langsam. Unter den riesigen Kronleuchtern begegnen mir Greise, die wie aus dem Ei gepellt sind, und alterslose, in ordinäre Kleider eingezwängte Frauen. Der Concierge ist ein kleiner Mann mit zerfurchtem Gesicht; er hat zu viele Nächte ohne richtigen Schlaf zugebracht, im ungleichen Kampf zwischen Wachsamkeit und Erschöpfung. Er hat altmodische Manieren, trägt abgewetzte Anzüge und die Narben früherer Kämpfe mit schlechtem Wein. Er zeigt seine Müdigkeit jedem, der seine Zeit mit deren Besichtigung vertrödeln mag. Die Samtsessel in der Halle sind durchgesessen, die Spiegel angeschlagen und fleckig. Alles hier ist einem langsamen, aber sicheren Verfall geweiht. Trotzdem könnte man das Hotel von außen mit einem alten florentinischen Palast verwechseln. Am Ende der Straße führt eine Brücke über den Arno.

Dieser Ort der Verdammnis ist nicht unangenehm. Ich habe ihn ausgesucht.

Luca hat auf Anhieb und besser als irgend jemand sonst meinen Wunsch verstanden, an einem Ort wie diesem zu leben, meine kategorische Weigerung, eine Wohnung in der Stadt zu mieten oder eigene Möbel zu haben. Und zweifellos haben wir mit einem solchen Grad an Selbstverständlichkeit zueinandergefunden, weil er dies auf der Stelle akzeptierte.

Ich erinnere mich an seine Gegenwart in diesen vier Wänden, an sein Lachen, wenn er sich auf das Sofa warf, an seinen Ärger, wenn er sich an dem niedrigen Tisch stieß, an die langen Momente, die er, die Stirn ans Fenster gepreßt, nur damit zubrachte, dem Dahinströmen des Flusses zuzuschauen. Damals ahnte ich nicht, daß diese schöne Obsession eines Tages ausgerechnet in den Wasserstrudeln des Arno enden würde.

Ob er es ahnte?

Luca

Es ist die Zeit der Mittagsruhe. Nach dem Essen hält ein ganzes Volk bei geöffneten Fenstern und geschlossenen Läden Siesta, durch Jalousien vor dem von draußen eindringenden heißen Licht geschützt. Manchmal bewegt sich ein Vorhang, angehoben vom Fächeln des Windes. Auf den Betten liegen die Frauen und Männer Italiens im Halbschatten wie Leichname aufgereiht. Ich gleiche ihnen noch immer ein wenig.

An den Wänden Reproduktionen frommer Gemälde, die Christus am Kreuz zeigen. In den Kommodenschubladen Meßbücher, wie jene Rettungswesten, die man in Flugzeugen unter den Sitzen der Passagiere anbringt, um die Ängstlichen zu beruhigen, die jedoch niemanden retten, wenn das Flugzeug abstürzt. Unter den Kopfkissen Rosenkränze, die man zwischen den Fingern durchgleiten läßt, während man Vergebung für begangene Sünden erfleht. Ich bettle nicht um mein Seelenheil.

Wenn die Temperatur etwas zurückgeht, holen die alten Männer sofort ihre Strohstühle heraus und stellen sie auf ihre Türschwellen, in den Gassen abseits der umtriebigen Stadt. Auf diese Weise verlängern sie den Zustand des Halbschlafs und finden zweifellos Ruhe von ihren Sorgen oder einen Zipfel ihres Glücks. Wie gerne würde ich mich zu ihnen setzen.

Noch etwas später, wenn es zu dämmern beginnt, wenn sich ein erstes Frösteln bemerkbar macht, kurz bevor die Geschäfte ihre Metalläden herablassen, füllen sich die Straßen unmerklich, die Menge schwillt an und bildet ein wogendes Meer. Ich habe mich oft von dieser Abendpromenade fortschwemmen lassen.

Wenn es endlich ganz dunkel ist, kommt es auf den Plätzen zu unerwarteten Begegnungen, Wiedersehen finden statt, Begrüßungen, Umarmungen, flüchtige Berührungen. Rufe und Gelächter steigen aus diesen Arenen auf und verlieren sich in dem von orangefarbenen Wolken aufgerissenen Himmel.

Es sind diese Augenblicke, die mir merkwürdigerweise am meisten fehlen. Diese unbedeutenden Augenblicke, die das ganze Leben enthalten.

Zum Beispiel Annas Kleid, das flattert, wenn sie auf mich zueilt, um sich mir an den Hals zu werfen. Oder das Klingeln der Reifen an ihren Handgelenken, wenn sie das Glas weißen Cinzano zum Mund führt, das ihr ein Kellner gebracht hat. Oder die Handbewegung, mit der sie ihre Sonnenbrille in die Haare schiebt.

Oder das unmögliche Lachen Leos nach unseren Balgereien. Oder seine nackten Arme, deren Adern anschwellen, wenn er am Lenker seiner Vespa zerrt, um sie aufzubocken. Oder die kraftvolle Bewegung seiner Hüften, wenn er die Blicke auf sich ziehen will.

Meine Abwesenheit in diesen Augenblicken ist das offenkundigste Zeichen meines Todes.

Und wenn man das alles gehabt hat, muß man sich dann sagen, daß man akzeptieren kann, es zu verlieren, weil man glücklich gewesen ist?

Anna

Es gelingt mir nicht, den Zweifel beiseite zu schieben, die Probleme von mir fernzuhalten. Ich möchte es, schon um weiterhin Haltung zu bewahren, aber es hilft nichts. Die unterschiedlichsten und sonderbarsten Fragen bestürmen mich, wie eine Armee, die ihren geballten Angriff gegen eine Mauer richtet.

Die Fragen sind eine Qual, fast immer. Nur Antworten, und möglichst eindeutige, beruhigen.

Was zählt, ist, zu wissen. Es spielt keine Rolle, wenn wir verheert werden durch das, was wir erfahren. Alles ist besser als Mehrdeutigkeit und Unklarheit.

Ich bin sogar bereit, Lügen hinzunehmen, vorausgesetzt, sie erscheinen mir glaubhaft. Im übrigen sind mir niederschmetternde Wahrheiten und absolute Erfindungen gleich lieb: Beides stürzt mich nicht in die Qual der Ungewißheit. Unerträglich ist immer das Dazwischen, die Grauzone. Warum ist nicht alles entweder schwarz oder weiß? Warum gibt es nicht einfach nur Unschuldige und Schuldige, Helden und Bösewichte? Warum muß man uns mit Nuancen und Abstufungen behelligen?

Ich habe das Gefühl, daß mir eine Prüfung zugedacht ist, und daß diese rasch zu einer Folter, zu einem Alptraum werden kann.

Diese Tortur raubt mir den Schlaf. Wenn ich wachliege, sehe ich die abgewandten Blicke Susannas und das rot angelaufene Gesicht Giuseppes vor mir, ihre Verlegenheit, beinahe Scham. Ich bemühe mich erfolglos, eine Erklärung für solch ein Unbehagen zu finden.

Ich versuche, mich an jedes einzelne Wort, das gefallen ist, zu erinnern, an den vorgetäuschten harmlosen Ton, an die Schatten, die den monumentalen Raum verdunkelten; versuche, die genauen Formulierungen, die kleinen Details, die mir zu Hilfe kommen könnten, wiederzufinden. Aber die Qualen werden nicht geringer. Diese Spurensuche ist ein Martyrium.

Morgens, in aller Frühe, begebe ich mich aufs Polizeirevier, um mit den Beamten zu sprechen, die die Untersuchung durchführen. Man bedeutet mir, daß Inspektor Tonello für gewöhnlich erst Schlag neun Uhr in seinem Büro erscheine. Das macht nichts, ich warte. Ich setze mich auf einen der grünen Plastikstühle, die an der Wand entlang stehen; diese ist mit allen möglichen Plakaten tapeziert, die den Bürger hauptsächlich zur Wachsamkeit und zur Mitarbeit aufrufen. Das glänzende Linoleum wirft an einigen Stellen Blasen. Ich stochere mit dem Absatz eines meiner Pumps darin herum: man muß die Zeit schließlich mit irgend etwas zubringen. Vor mir findet eine Parade des Elends statt: Prostituierte, Clochards, ein Halbwüchsiger, der mit Blutergüssen übersät ist, Ausländer, mit denen man wie mit Kindern spricht. Ich frage mich, wie ich in diese Gesellschaft von Kriminellen und Gestrauchelten geraten bin. Welche Sünden wurden begangen, daß ich gezwungen bin, eine dieser Personen zu sein, die nach Wein, Blut, Sperma und Betrug stinken?

Punkt neun Uhr gehe ich zu einem der Beamten am Empfang und frage, ob mein Gesprächspartner endlich gekommen ist. In einem Ton, in dem ebensoviel Verdrossenheit wie Gereiztheit mitschwingt, wird mir bedeutet, man werde mich schon rufen, man habe mein Anliegen zur Kenntnis genommen, eine weitere Nachfrage werde »die Sache nicht beschleunigen«. Ich gehe zu meinem Platz zurück und setze mich. Andere Gesichter defilieren an mir vorbei, ich kann sie nicht von den vorigen unterscheiden.

Um neun Uhr dreißig stellt sich mir ein Mann als Inspektor Tonello vor und bittet mich, ihm zu folgen. Ich habe ihn noch nie gesehen: vielleicht vierzig Jahre alt, graumelierter Schnurrbart, schlechtsitzende Krawatte, lässiger Gang. Er lächelt mir aufmunternd zu. Als ich ihm den Grund meines Besuchs sage, wird er verschlossen. Die Ergebnisse der Obduktion würden ausschließlich der Familie mitgeteilt. Dieser bleibe es überlassen zu entscheiden, welchen Gebrauch sie davon mache. Er sei nicht befugt, diese Art von Informationen weiterzugeben. Es tue ihm leid. Er bedaure, daß ich meine Zeit verschwendet hätte. Als ich nicht locker lasse, wird seine Stimme schärfer. Als ich ihn inständig bitte, wird sie wieder salbungsvoller. Aber letzten Endes bleibt er bei seiner Weigerung. Ich verlasse ihn verunsichert und verstört. Mein Weg führt mich Abgründen entgegen.

Leo

Der Mann – fünfzig Jahre, runde Brille, Typ des verlebten Intellektuellen, schlecht geschnittenes Kinnbärtchen, undefinierbarer Anzug – sagt: »Junge Männer riechen gut. Ein sauberer, frischer Geruch, der Geruch von Kölnisch Wasser oder von Duschgel, tadellos, ordentlich, gepflegt. Da stehen sie herum, ein unberührtes Territorium, ein Bild der Reinheit, ein selbstverständliches Angebot, ohne ersichtliche Zweideutigkeit, ohne Hintergedanken, ohne Vorbehalte. Stehen und bieten sich an im Gewand einer scheinbar unvergänglichen Jugend, wissen nicht, was altern heißt, kennen nicht die unerbittliche Degradierung der äußeren Erscheinung, das unvermeidliche Welken der Haut, das Erschlaffen der Gesichtszüge, die sich immer tiefer eingrabenden Falten. Stehen da und triumphieren, ohne zu wissen, daß sie triumphieren. Stehen und vermitteln einen Rest von Unschuld, ehe ihnen vollends klar wird, welche Trümpfe sie tatsächlich in der Hand haben; eine Art letzter Integrität, die sich verlieren wird, die kurz davor ist, sich zu verlieren, die aber noch da ist. Und genau dieser Augenblick, dieser letzte Moment der Integrität, ist der der vollkommenen Schönheit, der unerreichbaren Schönheit. Man fühlt sich davon ausgeschlossen, im Abseits. Diese erzwungene Distanz ist fast demütigend. Mein Gott, riechen die jungen Männer gut!«

Ich sage: »Zu den Klos geht's hier lang.«

Und ich verschwende meine Zeit nicht damit, ihm zu bekennen, daß ich das, worauf er spekuliert, schon seit langem hinter mir gelassen habe.

Zu einem anderen Mann, der wesentlich jünger war, keine dreißig Jahre, einem Mann, der offensichtlich aus den guten Wohnvierteln kam, habe ich einmal gesagt: »Ich weiß ganz genau, warum Leute wie Sie sich für Leute wie mich interessieren. Ich weiß, daß sie sich abends, ehe sie nach Hause und zu ihren Ehefrauen gehen, an den Bahnhofskiosken heimlich Magazine kaufen und unsere darin ausgestellten Körper anschauen. Sie begaffen die kraftvollen, nervösen Gestalten, die bartlosen Gesichter, die suggestiven Posen, die harten Blicke. Sie übertragen ihre Phantasien auf unsere Geschmeidigkeit und unsere Kraft. Sie träumen von uns, weil wir die Schmalheit der Frauen und die Sicherheit der Männer haben. Wenn sie uns auf der Straße begegnen, beobachten sie unsere zu weiten Jeans, die von unseren Hüften herabfallen, unsere T-Shirts, die schmale Oberkörper umschließen, unsere Mützen mit den runden Schilden. Sie hoffen, daß wir noch Kinder sind, obwohl sie genau wissen, daß wir etwas ganz anderes sind. Sie befürchten, wir könnten ihre ›Zärtlichkeit‹ zurückweisen, aber sie haben die Mittel, sich diese zu kaufen. Ein paar Scheine und das Versprechen eines gewissen Komforts reichen schon aus. Sie sind davon überzeugt, sich zu besudeln, wenn sie sich mit uns einlassen. Sie behaupten, wir seien gefährlich, und gerade das zieht sie an: die Gewalttätigkeit, die sie in uns spüren, eine Aggressivität, die wir nicht ablegen können, eine permanente Erregung, eine latente Brutalität, eine ständige sexuelle Bereitschaft und eine Art von Immunität. Offensichtlich zieht sie das an, was sie abstößt. Hauptsache, ein schnelles Vergnügen ist in greifbarer Nähe, sie kommen endlich zu ihrem Orgasmus. Wenn wir sie herankommen sehen, lesen wir die Geilheit in ihren Augen. Können Sie verstehen, daß diese Geilheit abstoßend ist, daß sie uns anekelt, daß wir sie nur gegen Geld ertragen? Obwohl wir alle verzweifelt nach Armen suchen, die uns umklammern, würden wir ihre zurückweisen, wenn das Geld nicht wäre.«

Der Mann ließ meine Tirade über sich ergehen. Am Schluß sagte er nur: »Das ist zweifellos richtig. Aber man kann auch eine Geschichte der Brüderlichkeit erzählen.«

Dieser Mann war Luca.

Luca

Anna, glaube mir, ich habe dich mehr geliebt als irgendeine andere Frau. Was man dir auch sagen wird, was du erfahren wirst, diese Gewißheit ist dir sicher.

Vor ihr habe ich diese innere Ruhe nicht gekannt. Sie brauchte nur zu erscheinen, und schon fühlte ich mich in Sicherheit. Sie hat mir augenblicklich Gelassenheit und Entspannung verschafft. Man könnte auf die Idee kommen, dies sei ein unbedeutendes Mitbringsel, man habe das Recht, mehr zu erwarten als innere Ruhe. Aber man bedenke: Wie viele Menschen begegnen einem im Leben, die es einem ermöglichen, unbekümmert, sorglos, heiter, unbeschwert zu sein, die Banalitäten des Alltags zu vergessen, sich ganz und gar auf sie zu verlassen? Wie viele Frauen antworten einem auf alle Fragen, ohne selbst welche zu stellen?

Und lehnt man ein solches Geschenk ab? Weist man ein solches Glück zurück?

Die Frauen vor Anna waren heiß, sinnlich, wunderbar erschöpfend, exklusiv, besitzergreifend, eifersüchtig. Sie dagegen ist eines Tages einfach aufgetaucht und hat mir die Freiheit, den Leichtsinn, eine Art Verzicht angeboten. Ich habe alles angenommen.

Sicher, an manchen Abenden hat sie mich gebeten zu bleiben. An manchen Morgen hat sie mich gefragt, ob ich wirklich weg muß. Sicher hat sie gehofft, wir würden zusammenziehen, was, ohne es auszusprechen, eine Vorstufe zu einem gemeinsamen Leben gewesen wäre. Sicher hat sie sich klarere Verhältnisse in unserer Beziehung gewünscht, und die Versprechungen, die ich bisweilen machte, ernst genommen. Aber letzten Endes hat sie immer meinen stummen Anspruch auf Unabhängigkeit respektiert.

Es hat ihr nicht an Ausstrahlung gefehlt. Ich bin mir sicher, daß diejenigen, die sie an meiner Seite gesehen haben, noch immer von ihrem Gang, von ihren langen, über die Schultern herabfallenden schwarzen Haaren, von ihrer Energie, von der Vollkommenheit ihrer Gestalt schwärmen.

Ich erinnere mich auch an unsere Umarmungen, unsere Umklammerungen. Ich habe ungewöhnliche Reisen erlebt.

Und außerdem verliebt man sich zwangsläufig in eine Frau, die einem zugesteht, daß man ein Fan der Fiorentina ist.

Wann wird sie alles begreifen? Wie lange wird es dauern, bis sie die Wahrheit erfährt? Und wer wird derjenige sein, der mich verrät? Welche Umstände werden zu der Entdeckung führen?

Sie ist es, die den Preis für meine Feigheit bezahlen muß. Cash!

Sicher, ich hätte reden können. Ich hätte alles bekennen können. Aber dazu hat mir der Mut gefehlt. Und außerdem hat mir mein Versteckspiel gefallen.

Es ist im Grunde nur ein armseliges Geheimnis. Aber es hätte sie in jedem Fall aus der Bahn geworfen. War es nötig, soviel Leid in Kauf zu nehmen?

Unmöglich, Worte wie diese zu gebrauchen: »Es ist nicht so, wie du denkst.« Und trotzdem.

Anna

Weil ich sie danach frage, läßt sich Susanna herab, mir ein paar zusätzliche Informationen über die Ergebnisse der Obduktion mitzuteilen. Nichts, was erlaubte, das Geheimnis, das sie vor mir verbirgt oder das ich mir einbilde, aufzudekken; aber manchmal lassen uns die objektiven, konkreten, unbestreitbaren Fakten glauben, wir kämen der Wahrheit näher.

Erstes Faktum: Der Tod Lucas ist in der Nacht von Freitag, den 19., auf Samstag, den 20. September eingetreten, wahrscheinlich Punkt drei Uhr morgens (ich gebe die Formulierung der Polizei, ohne dies zu beabsichtigen, wörtlich wieder). Ich habe das Verschwinden am Sonntag gemeldet (ich hatte seit Donnerstag nichts mehr von ihm gehört). Seine Leiche ist am Dienstag, dem 23. September, in den frühen Morgenstunden aufgefunden worden. Ich habe eine annähernd genaue Vorstellung von der Abfolge der Ereignisse. Das schafft auch nicht mehr Klarheit, aber es gibt den Dingen wenigstens eine gewisse Realität.

Ich denke: Luca ist im Sommer gestorben, in den letzten Tagen des Sommers. Er liebte den Herbst nicht, er ist an seiner Schwelle gestorben.

Zweites Faktum: Der Tod ist durch Schock infolge des Sturzes in den Fluß eingetreten. Aller Wahrscheinlichkeit nach ist Luca beim Aufprall ums Leben gekommen. Die Wunde auf der Wange scheint darauf hinzuweisen, daß er sich an einem Stein oder einem Pfeiler verletzt hat.

Ich denke: Wenigstens ist er nicht ertrunken. Er hat die

Qualen des Wassers, das die Lungen zerreißt, nicht kennengelernt. Er hat nicht gegen die Strömung angekämpft. Er ist nicht nach vergeblichen Anstrengungen von den Fluten verschlungen worden. Es war ein ganz sauberer, schneller Tod. Er hat nichts davon mitbekommen. Dieses Elend ist ihm erspart geblieben.

Drittes Faktum: Der Körper lag mehr als zweiundsiebzig Stunden im Wasser, ehe er gefunden wurde.

Jetzt verstehe ich den Zustand der Auflösung, das Verquollensein, die Aufgedunsenheit, besser.

Viertes Faktum: Der Körper ist nicht sehr weit getrieben worden. Zwischen der Stelle, an der der Tod eingetreten ist, und dem Ort, wo die Leiche entdeckt wurde, liegen weniger als fünfzig Meter. Wenn der Körper nicht gleich entdeckt wurde, dann deshalb, weil er, aus bisher unbekannten Gründen, unter Wasser blieb. Man nimmt an, daß er von einem Stein, an dem sich die Kleider festhakten, am Grund zurückgehalten wurde, und daß die Gewalt der Strömung ihn schließlich befreite und ans Ufer warf.

Ich denke: Was gibt es am Grund des Arnos zu sehen? Wahrscheinlich nichts. Man wird nichts sehen können, das Wasser ist derartig schlammig und trüb. Dort unten wird dunkle Nacht herrschen. Die Rückkehr an die Oberfläche, das ist die Rückkehr ans Licht. Aber Luca hat das Licht nicht gesehen.

Das eisige Grauen dieser Rekonstruktion verschafft mir ein merkwürdiges Gefühl der Erleichterung. Ja, offensichtlich ist mir die peinliche Genauigkeit eine wertvolle Hilfe. Ich fühle mich weniger alleingelassen, weniger ausgeliefert. Eigentlich müßte ich zerbrochen sein, ich bin jedoch ruhiger geworden. Diese Entdeckungen müßten mich belasten; aber ganz im Gegenteil, sie befreien mich von der erdrückenden, unerträglichen Last der Unkenntnis.

Man sagt mir, es sei manchmal besser, nicht zu wissen und sich mit Illusionen und Spekulationen zufriedenzugeben. Ich weiß auch, daß viele Leute es vorziehen, nicht zu *sehen*, und in ihrem Gedächtnis nur hübsche Bilder festzuhalten. Ich gehöre nicht zu ihnen. Nein, ich bin nicht wie sie. Die Erinnerung an den Leichnam Lucas und die Kenntnis der Abfolge seines Verschwindens sind eine absolute Notwendigkeit für mich, wenn ich einer geistigen Verwirrung widerstehen will.

Während ich diesen Trost auszukosten beginne, gibt mir Susanna zu verstehen, daß das, was ich für unumstößliche Fakten halte, zum Teil nur Arbeitshypothesen sind. »Beim Tod ist man nie völlig sicher.« Ich merke mir diese Formulierung. Ich bin versucht, auf ihre Zweideutigkeit hinzuweisen, aber ich mache es nicht. Ich begreife, daß dies die Formel ist für einen Unfalltod ohne Zeugen, der erst nach einer gewissen Frist entdeckt wird. Ihr Satz hat jedenfalls genügt, um mich sofort wieder in den Abgrund zurückzustoßen.

»Beim Tod ist man nie völlig sicher.«

Leo

Ich habe es schon gesagt: Vor ihm habe ich nur ein Leben ohne feste Bindungen gekannt, kurze, zufällige Begegnungen, abgebrochene Freundschaften, Beziehungen, die nur auf Berechnung basierten, die sofort Profit versprachen. Ich begnügte mich mit flüchtigen Blickwechseln, mit mechanischen Umarmungen ohne innere Beteiligung, mit Rendezvous ohne ein Morgen.

Und eines Tages war er da, stand er vor mir: Luca Salieri.

Er sagte: »Man kann auch eine Geschichte der Brüderlichkeit erzählen.«

Und nach diesem einen Satz bin ich auf ihn zugegangen. Ich bin auf ihn zugegangen, weil ich ahnte, daß es möglich war. Es mag idiotisch erscheinen, aber als ich diese Worte hörte, habe ich genau das gespürt: die Möglichkeit, ihm zu begegnen.

Das war mir noch nie passiert.

Heute noch bin ich völlig außerstande zu erklären, wieso mir das so offenkundig in die Augen sprang. Wahrscheinlich lassen sich solche Sachen nicht erklären. Wahrscheinlich ist es sinnlos, sie erklären zu wollen.

Da war einfach schlagartig die Gewißheit, eine unumstößliche Gewißheit.

Und diese plötzliche Klarheit, diese Einfachheit war unglaublich wohltuend.

Ich habe mich zum erstenmal unschuldig gefühlt.

Vor allem seine Unbekümmertheit hat mich beeindruckt, eine gewisse Gleichgültigkeit und Lässigkeit; und damit verbunden ein Angebot. Als ob nichts schwierig und alles möglich wäre.

Auch die Schönheit hat mich beeindruckt, und die Sorglosigkeit. Das Taktgefühl. Die Anmut.

Man läßt sich zwangsläufig gefangennehmen von diesem engelhaften Aussehen, von diesen Christusallüren, von dieser nachlässigen Haltung, von diesen Augen, die in unserem Innern forschen, während sie uns kaum wahrzunehmen scheinen. Ja, man möchte dieses Chorknabengesicht zwischen die Hände nehmen, das so aussieht, als könne es kein Wässerchen trüben, dessen Lächeln Grübchen in den Wangen hinterläßt und das uns in die Jugend zurückführt, zu dem, was wir verloren haben.

Und ganz schnell war da mehr als nur dieses Offenkundige: Wir befanden uns in einer Bedrängnis. Das war es: Das Gefühl einer Bedrängnis brach sich Bahn, wurde zwingend.

Als ob wir ohne Aufschub die verlorene Zeit nachholen müßten, als ob wir versuchen müßten, die Jahre zurückzuerobern, die wir ohne einander verbracht hatten, als ob wir verpflichtet wären, die Distanz zu überwinden, die das Schicksal bisher zwischen uns legte.

Die Bedrängnis wurde auch durch eine unbestimmte, kindliche, fast nicht zu formulierende Angst hervorgerufen, die, den anderen zu verlieren, kaum daß man ihn gefunden hat, von ihm getrennt zu werden, kaum daß man eins geworden ist, nicht über das Leben, das noch vor einem liegt, verfügen zu können. Heute widerstrebt es mir, dies so auszusprechen, und doch habe ich genau das gedacht: Wird uns die Zeit reichen?

Die Leidenschaft, die Besessenheit haben nie wirklich nachgelassen. Sie haben diese gierigen, fröhlichen Menschen aus uns gemacht.

Luca

Nein, ich wollte Anna nie die ganze Wahrheit sagen. Natürlich habe ich daran gedacht. Wie sollte ich nicht. Aber immer wieder habe ich es hinausgezögert, aufgeschoben. Ja, an manchen Abenden besitzergreifender Nähe war ich nahe daran, ihr die Geschichte zu erzählen. Ich spürte, wie sie mir auf den Lippen lag, bereit, preisgegeben zu werden. Die Versuchung war da, endlich zu reden. Oder die Gelegenheit war günstig. Es hätte auch einfach genügt, sich gehen zu lassen, auf den Rausch und die Erregung zu bauen. Aber jedesmal, im allerletzten Moment blieben mir die Worte im Hals stekken, blieb alles ungesagt. Im Grunde war es mein heimlicher Wunsch, nicht zu reden.

Hat sie dieses Zurückweichen, diese Selbstzensur, diese Tabuisierung wahrgenommen? Man behauptet, die Intuition der Frauen sei derjenigen der Männer weit überlegen, und ich glaube daran. Man sagt, sie hätten eine Art sechsten Sinn, der fast untrüglich sei, die Fähigkeit, mehr als nur die äußere Erscheinung der Dinge zu sehen, und das stimmt sicher. Es ist nicht auszuschließen, daß sie die Anstrengungen erriet, die mich das Schweigen manchmal kostete, daß sie versuchte, hinter meine kleinen Heimlichkeiten und Täuschungsmanöver zu kommen, Licht in meine Schattenzonen zu bringen. Mehr als einmal mußte ich ihr unverständlich, dunkel, rätselhaft vorkommen. Trotzdem hat sie mich nie ausgefragt. Sie gehört zu den Menschen, die der Ansicht sind, daß man in der Liebe (nur in der Liebe) keine Fragen stellen darf, wenn man Antworten bekommen will.

Und außerdem hatte sie vom ersten Tag an beschlossen, mir die Rolle des verwöhnten Kindes zuzugestehen. Sie hatte sich entschieden, meine Fehler nicht zu korrigieren. Diesen Zugeständnissen ist sie, ohne je davon abzuweichen, treu geblieben. Ich dagegen bin meinen Fehlern treu geblieben.

Trotzdem bin ich überzeugt, daß sie die Fragen, die sie mir nicht stellte, sich selbst gestellt hat. Bestimmt hat sie versucht, das Geheimnis zu enträtseln. Zu welchen Schlüssen, zu welchen Vermutungen ist sie am Ende gekommen? Ich weiß es nicht. Ich konnte es nicht wissen. Ich wollte es auch irgendwie gar nicht wissen.

Und wir liebten uns auch wegen dieses Rätsels zwischen uns. Es hatte Teil an unserem Zusammenleben. Es nährte den Reiz der Verführung. Es verschaffte uns die Gewißheit unserer Einzigartigkeit. Diese Einzigartigkeit war eine Garantie für die Dauer.

Nein, daß ich sie durch Verschweigen ein wenig belog, hat mich nie daran gehindert, Anna zu lieben. Sie mit einer aufrichtigen Liebe und ohne irgendeine Zweideutigkeit zu lieben.

Im Gegenteil.

Wenn ich es mir recht überlege, habe ich ihr nichts verheimlicht, außer Leo. Alles andere lag offen zu Tage. Wie viele Männer können so etwas behaupten? Auf welche Seite wird sich die Waagschale senken, wenn Anna gezwungen wird, Bilanz zu ziehen?

Habt Ihr Anna schon die Wahrheit gesagt, die *ganze*?

Anna

Ich begebe mich in die Wohnung in der Via Medici, Lucas Wohnung. Ich habe einen Zweitschlüssel. Luca hat ihn mir vor fast zwei Jahren überlassen. Ich war damals überrascht, ja fast ein wenig verwirrt, weil ich seinen Horror vor dieser Art Arrangements kannte und sein Mißtrauen gegenüber solchen Symbolen. Eines Abends hat er mir wortlos und ohne irgendeinen Kommentar die Schlüssel gegeben. Er hat sie in meine rechte Hand gleiten lassen, hat meine Hand geschlossen und sie lange gedrückt. Ich ermaß, wieviel ihn diese Geste kosten mußte. Ich hatte deshalb auf der Stelle die Absicht, ihm die Schlüssel zurückzugeben, sowie er seine Umklammerung lockern würde. Dann überlegte ich, daß er diese Ablehnung bestimmt als Kränkung empfände. Da ihm diese Geste so unangenehm war, durfte man ihn nicht vor den Kopf stoßen. Ich zog auch in Betracht, ihm zu sagen, daß ihn nichts dazu nötige, das zu tun, aber am Ende hatte ich dann doch vorgezogen zu schweigen. Mein Schweigen war die einzig mögliche Reaktion auf seine Haltung. Ich habe die Schlüssel behalten.

Später hat er mich jedoch gebeten, sie nur im Notfall zu benutzen und betont, daß die Tatsache ihres Besitzes unsere Gewohnheiten und unseren Umgang in keiner Weise ändern würde. Ich habe mich daran gehalten und seine Bitte respektiert. Im übrigen fällt mir erst heute auf, daß ich nie von den Schlüsseln Gebrauch gemacht habe.

Und während ich die Wohnung betrete, wird mir bewußt, daß ich nie allein hier war, nie ohne ihn. Das Fehlen seiner

Anwesenheit trifft mich so, daß ich unsicher werde. Ich habe das Gefühl, unberufen einzudringen, einen Einbruch, einen Diebstahl zu begehen. Auf der Türschwelle überlege ich ernsthaft, kehrtzumachen, aber das Bedürfnis zu wissen ist stärker.

In welchem Augenblick beginnt der Verrat?

Offensichtlich bin ich auf der Suche nach einer Spur, einem Zeichen, nach etwas, woran ich mich klammern kann, nach einer Antwort. Aber ich weiß nicht, wie eine Antwort aussehen könnte. Ich weiß also nicht, in welcher Richtung ich suchen soll.

Zunächst bemerke ich die Unordnung. Und vor allem erkenne ich sie wieder. Diese Vertrautheit mit seiner Unordnung treibt mir Tränen in die Augen. Ich breche auf dem Sofa zusammen und weine, das Gesicht zwischen den Händen. Die schlimmsten Schmerzen sind die, die man sich selbst zufügt.

Schließlich stehe ich wieder auf, ich gehe zu den Fenstern und öffne sie. Ich möchte, daß Licht in diese Räume hereinkommt, und die verpestete Luft von draußen und die Geräusche der Straße. Dieser Lärm läßt mich weniger allein sein.

An eines der Fenster gelehnt, umfasse ich mit einem Blick Lucas altes Territorium. Ich atme tief durch. Etwas mehr Mut! Immerhin bin ich diejenige, die seinen Leichnam identifiziert hat.

Ich stoße mich an den Möbeln, ich schätze die Maße der Räume schlecht ein, ich gehe mehrere Male an derselben Stelle vorbei, ohne achtzugeben, ich wage nicht, seine persönlichen Sachen zu berühren. Diese Wohnung ist ein Heiligtum.

An der Lage gewisser Papiere und verschiedener Gegenstände erkenne ich, daß die Polizei schon vor mir da war. Die Unordnung ist nicht nur die Lucas, es ist auch die einer mehr flüchtigen als peinlich genauen Durchsuchung. Aber die Polizisten standen bestimmt vor derselben Schwierigkeit wie ich: Sie hatten keine genaue Vorstellung von dem, was sie suchen sollten.

Ich tröste mich und mache mir Mut, indem ich mir ins Gedächtnis rufe, daß ich den Toten unendlich viel besser kannte als sie. Das, was anders ist als sonst, sollte mir normalerweise in die Augen springen.

Ich habe mich auf das Schlimmste vorbereitet, aber ich weiß jetzt schon, daß ich es nicht durchstehe, wenn es plötzlich eintritt.

Leo

Sie weiß nichts von mir, die junge Frau von den Photographien.

Ich dagegen kenne ihr Lächeln, auch wenn ich nie gesehen habe, wie sie lächelte. Ich kenne diese Geste, die nur sie macht, wenn sie, den Kopf gesenkt, die Haare mit ihrem Unterarm zurückwirft, ich kenne sie, obwohl es eine festgebannte Geste ist. Ich kenne den strahlenden Blick, den ihre erstarrten Augenlider niemals auslöschen werden. Ich kenne den grauen Rollkragenpullover, den sie zufällig trug, und dessen Stoff ich nie befühlt habe.

Für mich ist Anna Morante ein zweidimensionales, unbewegliches Bild. Nur ein Bild, aber das ist besser als nichts.

Nichts, das bin ich.

Anna Morante existiert, weil ihre Photographien mir von ihr erzählen, trotzdem ist sie für mich kein Wesen aus Fleisch und Blut. Ich habe sie immer wie eine Tote betrachtet. Neulich auf dem Friedhof habe ich allerdings festgestellt, daß sie ziemlich lebendig ist.

Luca hat mich fast sofort von ihrer Existenz unterrichtet. Er hätte mir nichts sagen müssen, denn ich habe ihn nichts gefragt. Er hat die Aufrichtigkeit vorgezogen. Er hat die Wahl getroffen, mir gegenüber nicht zu lügen. Die Lügen waren für sie. Die Wahrheit für mich. Eine Frage des Gleichgewichts. Der ganze Luca zeigt sich in dieser Wahl.

Ich sage »Wahl«, aber ich weiß nicht, wie groß der Anteil dessen war, zu dem er sich verpflichtet fühlte, dem er auswich oder das er nicht unter Kontrolle hatte. Ich glaube tatsächlich, daß er sich vom Augenblick hinreißen ließ, von der Gunst unseres Zusammenfindens, daß er nicht bewußt versuchte, gegen seinen natürlichen Hang zum Schweigen, zum Geheimnis, anzukämpfen. Er hat sich treiben lassen.

Er hatte recht. Wenn ich hinterher entdeckt hätte, daß er mir etwas verheimlichte, hätte ich es ihm nie verziehen. Wird Anna verzeihen?

Sein Blick richtete sich auf mich, aber es war ein blinder Blick, ein Blick von innen heraus, und er sagte einfach: »Es gibt eine junge Frau in meinem Leben. Sie heißt Anna. Ich weiß nicht, wie lange sie in meinem Leben bleiben wird. Vielleicht das ganze Leben lang. Heute jedenfalls ist ihre Anwesenheit unanfechtbar.« Ich habe darauf nur geantwortet: »Ich fechte sie nicht an. Ich bin anderswo.«

Es gibt Sätze, die spricht man fast zufällig aus, ohne viel zu überlegen, ohne sie auszufeilen, unbesorgt um ihre Wirkung. Sie sprudeln einfach heraus, auf eine völlig naive Weise, ohne jeden Hintergedanken. Es sind irgendwie kindliche, intuitive, unbeabsichtigte Sätze. Und plötzlich treffen sie ins Schwarze. Sind absolut richtig, vollkommen adäquat. Wirken wie eine Offenbarung. Staunen befällt einen. Das Staunen der Kinder, ihre ungläubige Freude.

»Ich bin anderswo« war einer jener Sätze für Luca. Dieser Satz hat ihn blitzartig aufgeklärt, hat ihn der Unschuld zurückgegeben. Dieser Satz hat alle Probleme aus der Welt geschafft. Er hat ihn von der Last befreit, Erklärungen geben zu müssen.

Später habe ich noch gesagt: »Diese Geschichte, die uns zusammenhält, ist unbegreiflich. Du könntest sie mit den einfachsten Worten erzählen, niemand würde sie verstehen. Wozu also reden?« Da hat er nichts mehr gesagt. Im Grunde war ich es, der ihn ins Schweigen zurückführte.

Mit diesen Sätzen willigte ich ein, in den Augen der Gesellschaft für immer ein Nichts zu sein. Aber die Augen der

Gesellschaft waren mir egal. Mich interessierten nur die seinen.

Eines Tages hat er mir ohne jede Erklärung die Photos von Anna gezeigt. Er hat sie aus seinem Rucksack gezogen und hat sie mir hingehalten. Nach ein paar Minuten hat er sie wieder an sich genommen und sorgfältig in seinem Rucksack verstaut. Ich habe keine Fragen gestellt.

Luca

Ich habe glückliche Jahre verbracht. Und eines Tages war ich noch glücklicher.

Jeden zweiten Sonntag ging ich ins Fußballstadion, um die Fiorentina spielen zu sehen. Ich setzte mich mitten in ein Meer von Gesichtern, die mir nach und nach vertraut wurden. Ich schrie mit den Schreien der anderen. Ich hob die Arme, wenn sich ihre Arme hoben. Ich schlug mit den Fäusten auf meine schmerzenden Oberschenkel. Ich schloß in den entscheidenden Momenten die Augen, und wir waren ein Volk von Blinden. Ich beschimpfte den Schiedsrichter, und die Tatsache, daß ich nicht der einzige war, der ihn beschimpfte, nahm mir jedes Schamgefühl. Am liebsten hätte ich die Spieler an mich gedrückt, aber sie wären unter unseren Umarmungen zusammengebrochen. Nach Verlauf von zwei Stunden waren wir erschöpft, völlig außer Atem und wir versprachen uns, niemals unserer chauvinistischen Begeisterung abzuschwören.

Abends aß ich oft Pasta mit Freunden oder mit Anna. Die Nudeln wickelten sich um die Gabeln, trieften von Soße, klatschten gegen unser Kinn, zwangen uns, den Mund aufzusperren, Verrenkungen zu machen, Grimassen zu schneiden, verbrannten uns die Zunge, stopften unsere Mägen, entlockten uns ein unbändiges Lachen.

Und wir tranken abends auch Wein. Der toskanische ist der beste, niemand würde wagen, das Gegenteil zu behaupten. Ich erinnere mich noch immer an den Geschmack des Chianti. Und an die Sterne, die er in meinem Kopf tanzen ließ. Ich habe manchmal über den Durst getrunken. Ich war süchtig nach dem Schwanken, das die Trunkenheit mit sich bringt.

Anna lachte mich an, liebte mich.

Ich war wunschlos glücklich. Da kam Leo.

Es gibt glückliche Männer, zu glückliche Männer. Ich gehöre zu ihnen. Die einzige Ausnahme: Ich bin ertrunken. Aber wer weiß, vielleicht war selbst das ein Glücksfall.

Und ich habe selbstverständlich mit ihm geschlafen. Oft.

Ich erinnere mich: Als wir uns das erste Mal in den Laken wälzten, wußten wir gleich, daß die Geschichte schon lange vorher begonnen hatte.

Es ist kaum zu glauben. Wir kannten nichts voneinander, und wir haben alles wiedererkannt.

Auf Anhieb war der Körper des anderen kein fremder Körper. Es kam uns vor, als hätten die fiebrigen Finger schon früher ihre Abdrücke auf den Poren der Haut hinterlassen, als wären der Geruch der Erregung und der Erschöpfung vertraute Gerüche, als hätte dasselbe Stöhnen schon öfter in unseren Ohrmuscheln gehallt, als würden die Nacken diese salzigen, flüchtigen Küsse kennen, als hätte die rhythmische Bewegung der Hüften schon immer diese atemberaubende Langsamkeit gehabt, als entspreche die Armweite des einen der Brustweite des anderen. Und im selben Moment war uns deutlich bewußt, daß wir ein völlig unbekanntes Territorium erforschten, daß wir die Verwirrung von Debütanten, die Nervosität von Novizen erkennen ließen. Dieses doppelte Gefühl der Unberührtheit und der Gewohnheit hat uns im selben Augenblick zum Orgasmus gebracht. Man muß diese zwillingshaften rythmischen Stöße erlebt haben, um das absolute Glücksgefühl zu verstehen.

Es ist mir gelungen, dieses Glücksgefühl des ersten Mals zu bewahren.

Heute verliere ich natürlich etwas die Erinnerung an diese Dinge. Die Fiorentina spielt weiter, aber ohne mich, was mir unvorstellbar erschienen wäre, wenn man es mir vorausgesagt hätte. Die Pasta dampft weiter in den Tellern Italiens, aber meine wird kalt. Der Wein fließt in Strömen, aber nicht in meinen Adern. Die Körper vermengen sich, aber in meinem Gedächtnis werden sie unscharf.

Dennoch, ich muß ehrlicherweise zugeben, daß diese Unschärfe nicht erst seit heute da ist.

Anna

Ich öffne die Schubladen, ich wende die Blätter auf dem Schreibtisch um, ich mustere die Kleidungsstücke in den Schränken, ich hebe die Kissen hoch, ich sehe in den Computerdateien nach, ich durchblättere die Bücher. Ich führe diese detektivischen Handlungen ohne Scham, ohne innere Regung, ohne Rücksicht aus. Bei dieser Gelegenheit entdecke ich ein anderes Ich in mir, ein Ich, das zu einer solchen Schamlosigkeit fähig ist. Oder vielmehr: Ich entdecke es wieder. War es nicht seit der Kindheit da, seit der kalten Grausamkeit der Kindheit?

Es ist nicht schwierig, wirklich nicht. Es genügt, sich treiben zu lassen, an nichts zu denken, eine erschreckende Leere in Kauf zu nehmen. Es genügt, auf die Unschuld zu verzichten, um die Rolle des Schuldigen anzunehmen.

Zunächst finde ich nichts. Nichts Auffallendes, nichts, was in die Augen springen würde. Gewiß, mein Blick bleibt an Schriftstücken hängen, die ich nicht kenne, er verweilt bei Nippsachen, die ich nie bemerkt habe, ich sehe Flecken, die mir nie aufgefallen sind. Ich begreife, daß man die Dinge nicht wahrnimmt, wenn man die Personen im Blick hat. In seiner Wohnung war Luca der einzige Gegenstand, dem mein Interesse galt.

Am Ende meiner Durchsicht habe ich nichts entdeckt, was neu oder merkwürdig gewesen wäre. Das beruhigt mich fast, weil ich daraus schließe, daß Luca für mich transparent war, daß die ganze Geheimnistuerei um seine Person absurd ist. Aber es verwirrt mich auch ein wenig, denn ich hatte erwartet, auf jeden Fall eine Überraschung zu erleben.

Und dann schleichen sich unvermeidlich, unmerklich von neuem Zweifel ein. Ich denke: Alles ist zu glatt, zu tadellos, trotz der offensichtlichen Unordnung. Wenn man in meiner Wohnung eine solche Durchsuchung vornehmen würde, fände man zwangsläufig Dinge, die ich versteckt halte.

Schlagartig, und ohne wirklich Grund dazu zu haben, kommt mir der Gedanke, Luca habe bewußt versucht, Spuren, Indizien (aber wofür?) zu verwischen, er habe sich bemüht, nichts zurückzulassen, außer unwichtigen Dingen, außer einer unbevölkerten Kulisse, aus der er alle kompromittierenden Details, alle Unebenheiten entfernt hatte.

Ich hasse mich dafür, daß ich so mißtrauisch und paranoid bin. Daß ich ihn ohne Beweise irgendwelcher Handlungen bezichtige, für die ich zudem nicht einmal eine Erklärung habe.

Ich bin jedoch überzeugt, daß es dieser irrationale und beleidigende Verdacht ist, der mich dazu veranlaßt, genauer hinzusehen; und schließlich entdecke ich zwischen den beschriebenen Seiten ein Blatt, das nicht seine Schriftzüge trägt, zwischen seinen Kleidungsstücken ein gebrauchtes T-Shirt, das ich nie an ihm gesehen habe und das eine kleinere Größe hat, unter den Dateien ein Dokument, ein einziges, das mit einem Paßwort geschützt ist, in einer der Schubladen das verschwommene Polaroidphoto eines unbekannten Körpers und vor allem auf dem Titelblatt von drei Büchern einen mit Bleistift eingetragenen Vornamen und Nachnamen: »Leo Bertina.«

Ich komme zu dem Schluß, daß Luca offensichtlich nicht versucht hat, irgend etwas, es sei was es wolle, zu verheimlichen, um so mehr, als er nicht im voraus Kenntnis von seinem eigenen Tod hatte haben können, und ein Vertuschungsversuch zu der Annahme führen müßte, daß er sein

Verschwinden voraussah. Aber ich ermesse, wie weit die Umsicht und die Vorsicht dieses Jungen reichte.

Da fühle ich eine ununterdrückbare Wut in mir aufsteigen. Ich begreife, wie eine gerade gelernte Lektion, daß diese Wut von ganz weit her kommt, daß sie sich seit langem angestaut hat. Ich begreife, daß ein Damm brechen könnte.

Leo

Ich habe immer etwas für Jungen übrig gehabt.

Schon in der Grundschule befummelte ich meine Kameraden. Ich steckte meine Hand in ihre Hose, ich schmiß mich im Pausenhof gegen sie, ich folgte ihnen in die Klos, um ihren Pimmel zu sehen. Im Unterricht saß ich immer neben einem Jungen. Der schönste war Alessandro Verrechia. Er hatte blonde Locken, was für einen Italiener ungewöhnlich ist. Er glich den Kindermodellen der Werbung, er hatte ihre Naivität und ihre Professionalität. Alessandro mochte mich gerne, zweifellos nicht genauso, wie ich ihn mochte, aber er ließ es zu, daß ich mich immer mit ihm zeigte, daß ich ihn eng an mich drückte, daß ich ihn nach der Schule heimbegleitete. Ich nehme an, Alessandro Verrechia ist heute ein junger Mann kurz vor der Verehelichung, seine Locken sind bestimmt verschwunden. Vielleicht hat er einen kleinen Bauchansatz. Wer weiß, in welcher Gosse unsere Kindheit endet?

Mit zwölf Jahren liebte ich einen Jungen, Domenico. Er war zwei Jahre älter als ich. Sein Körper war schon der eines Mannes, während meiner noch nicht so weit war. Zwischen uns bestand also ein grundsätzliches Ungleichgewicht, das mir aber nichts ausmachte. Seine Eltern bewohnten ein riesiges Haus mit Nebengebäuden. In einem Speicher habe ich zum erstenmal den Schwanz eines Mannes berührt. Es fühlte sich zart an. Ich habe nie aufgehört, dieser Zartheit nachzujagen.

Bis dahin waren die Dinge rein. Aber gleich danach war alles verdorben.

Klar, es ist unmöglich, nicht unter Verachtung zu leiden,

unmöglich, Beleidigungen zu überhören, unmöglich, groteske Vorstellungen zu ignorieren. Man trägt an der Gemeinheit der anderen wie an einem zu schweren Gepäckstück. Sie belastet uns, sie ist da, gegenwärtig, jeden Moment. Sie sikkert durch, sie tuschelt, oder sie zeigt sich öffentlich. Man muß mit ihr zurechtkommen. Man muß sie auf sich nehmen. Die erste mutige Handlung im Leben ist, sich gegen diese völlig unbegründete, verletzende Gemeinheit aufzulehnen, diese Angriffe der Konformisten abzuwehren; ohne mit der Wimper zu zucken, die Hiebe zu parieren, die die austeilen, die nichts wissen, aber Lektionen geben, die Hiebe von Ignoranten, die durch ihre anerzogenen Reflexe gehemmt sind, von Naivlingen, deren Wut von ganz unten aufsteigt.

In der Bibel gibt es, glaube ich, einen Satz: »Vergib ihnen, denn sie wissen nicht, was sie tun.« Ich vergebe ihnen nicht.

In den Straßen von Neapel, einer, wie jeder weiß, entfesselten Stadt, habe ich Schlachten ausgefochten, die von vornherein verloren waren, vergebliche Kämpfe. Mehr als einmal bin ich mit blauen Flecken, mit Wunden, mit zerrissenen Hosen heimgekommen. Ich habe keine Gelegenheit ausgelassen, mich zu prügeln.

Wenn mich meine Eltern fragten, erfand ich wilde Geschichten, himmelschreiende Lügen, die sie meistens glaubten. Sie dachten bestimmt, ihr Sohn erprügle sich seine Männlichkeit: Sie hatten nicht unrecht.

In den Vorstädten Neapels, im Schoß einer kommunistischen Familie, war es durchaus üblich, die Spießer herauszufordern und die Ellbogen zu gebrauchen, um sich zu behaupten. Wenn ich es recht bedenke, hat der Kommunismus mir erspart, die Wahrheit zu sagen. Die Vorliebe für Schlägereien ist mir geblieben. Und die für junge Männer.

Ich wußte nicht, daß man Ruhe auskosten kann, auch nicht, daß man sich Liebesworte sagen kann.

Das ist mit Luca gekommen.

Luca

Nun habe ich also die Ewigkeit vor mir.

Einfach so, sie ist lang.

Die Unendlichkeit ist ihrer Natur nach unermeßlich groß. Die Wissenschaftler erklären einem das vortrefflich. Man versteht gerade so viel, daß es sehr lange ist. Kinder formulieren es so. In meinem Bett unter der Erde gewinnt diese Unendlichkeit jedenfalls das Aussehen einer erschreckenden Perspektive.

Ich habe nie so viel Zeit gewollt.

Das, was zählt und was für mich immer gezählt hat, ist der Augenblick, seine Flüchtigkeit. Nichts Deprimierenderes, als die Zeit, die vergeht, die Jahre, die dahinschwinden, die Leben, die verplant werden, und die Erinnerungen, die sich ansammeln. Sich so wiederzufinden, alle Zeit zu haben, die man sich wünscht, sogar noch verdammt viel mehr, das verdirbt einem nachträglich noch die Lust an kurzen Vergnügen, an blitzartigen Glücksmomenten.

Auf einen Trost stoße ich wenigstens in meiner Ewigkeit: Mir ist es vorbehalten, für alle Zeiten jung zu bleiben, für immer dieses Gesicht ohne jede Unebenheit zu besitzen, das man komischerweise an der Marmorplatte meines Grabes angebracht hat. Es ist schon merkwürdig zu glauben, man sei heil und unversehrt, während das Fleisch Erde geworden ist, während der Efeu sich um das schwärzliche, durchlöcherte Gerippe schlingt. Sich für unzerstörbar zu halten, wo man nur noch ein Haufen Abfall ist.

Aber diese paradoxe und unvergängliche Jugend ist gleichzeitig das Maß für das Altern der Überlebenden. Das, was ich im Grunde am meisten fürchte, ist meine Machtlosigkeit, die Zeit daran zu hindern, ihr verhängnisvolles Werk an denen, die mir teuer sind, zu vollbringen, ist deren Ausgeliefertsein an einen unwiderruflichen Verfall.

Ich kann mich nicht damit abfinden, daß um Annas Augen Falten entstehen, daß ihr Körper schwerfällig wird, daß ihre Bewegungen langsamer werden, während ich in ihrer Erinnerung der unzerstörbare, vor Gesundheit strahlende junge Mann bleibe. Es gelingt mir nicht, mir Leo ohne seinen lässigen Gang, ohne sein bartloses Gesicht, ohne sein dröhnendes Gelächter, ohne seine grenzenlose Leidenschaftlichkeit vorzustellen, während ich in seinen Gedanken meine Vitalität und meine Energie behalte.

Schließlich glaube ich, daß diese Ewigkeit die Gefahr in sich birgt, mich in eine abgrundtiefe Langeweile zu stürzen. Es ist erholsam, tot zu sein, ich kann es nicht leugnen, aber ich habe die Erholung nicht gesucht.

In dem Moment, als ich in den Fluß gestürzt bin, habe ich nicht an die Wahrscheinlichkeit einer solchen Langeweile gedacht, auch nicht an das Bedauern und die vielen Fragen, die mich jetzt zu quälen beginnen.

Anna

Ich bin auf ihn zugegangen wegen seiner Zerstreutheit, wegen dieser unglaublichen Fähigkeit, sich abseits der Gesellschaft zu halten, wegen seiner Unbekümmertheit.

Die meisten Männer werfen sich dir an den Hals, wollen dich vereinnahmen, glauben Rechte zu haben, Ansprüche und Forderungen stellen zu können, und heucheln Interesse, während ihre Hand an deinen Schenkeln nach oben wandert. Er hat nicht einmal den Versuch unternommen, mich zu verführen, mich an sich zu binden.

Ein Junge, der Dante liest und sich nur für Fußball begeistert, muß dich einfach in Erstaunen versetzen. Ein Junge, der hofft, daß du nicht Beatrice heißt, gibt sich auf Anhieb zu erkennen: Von ihm ist nichts zu erwarten. Ein Junge, der sich stundenlang auf der Terrasse eines Cafés sonnt, ohne einen Blick auf deine Bluse zu riskieren, müßte dich eigentlich an Italien verzweifeln lassen: Mir hat er auf der Stelle den Kopf verdreht. Ein Junge, der dich nichts fragt, weil er dieselbe Haltung von dir erwartet, verspricht ungewöhnliche Unterhaltungen und lange Schweigeminuten. Ein Junge, der das Kleid, das du extra für ihn trägst, nicht bemerkt, der nicht für das Geschenk dankt, das du ihm mitbringst und der deinen Geburtstag vergißt, bewahrt dich vor der tödlichen Langeweile der Liebespaare. Ein Junge, der sich dir verweigert, läßt dich die Ungeduld besser verstehen, die Mädchen manchmal provozieren. Einem Jungen, der nie Rendezvous ausmacht, der nie vorher sagt, wann er dich wiedersehen will, der bei einem festlichen Abendessen die Kerzen auslöscht, der dir seine Schlüssel mit der Bitte aushändigt, sie nicht zu gebrauchen, der nicht mehr als drei oder vier Nächte in der Woche mit dir verbringt, obwohl die Woche doch, wie jeder weiß, sieben Nächte hat, dem verzeihst du entweder alles oder du nimmst auf der Stelle deine Beine unter den Arm und läßt dich nicht mehr blicken. Ein Junge, der um neun Uhr kommt, wenn du ihn um acht Uhr erwartest, der sich nicht entschuldigt, sondern dich statt dessen anlächelt, der die gute Idee hat, dich in die Ferien einzuladen, und es dann dir überläßt, die organisatorischen Details mit dem Reisebüro zu regeln, beweist damit keine Unverfrorenheit, sondern Vertrauen in dich und deine Liebe zu ihm.

Und wenn die Leiche dieses Jungen am Arnoufer gefunden wird, dann zeigt dies, daß er es nicht völlig aufgegeben hat, dich zu überraschen.

Ist es möglich, daß du, wenn sich manchmal unfreiwillig, ja gegen deinen Willen, Zweifel breit machen, in diesem Jungen einen Egoisten, einen Verstellungskünstler, einen Lügner, einen Profiteur erkennst? Kann es sein, daß sich, wenn grelles Licht auf die im Schatten liegende Gesichtshälfte fällt, dort eine beunruhigende Mißbildung, eine bisher nicht erkannte Häßlichkeit zeigt? Können die Adjektive, die du gebraucht hast, um ihn zu beschreiben, einen Doppelsinn annehmen? Wird das, was reizvoll war, lästig? Das, was überraschend war, beängstigend?

Hat der in Frage stehende Junge nicht in erster Linie an sich selbst gedacht, an sein eigenes Wohlbefinden, an seine persönliche Bequemlichkeit, ohne auf irgend etwas anderes Rücksicht zu nehmen, vor allem nicht auf dich und dein Wohlergehen? Kam es ihm, bei Licht besehen, nicht einzig und allein darauf an, verwöhnt und verhätschelt zu werden, auf Kosten aller anderen und seiner nächsten Umgebung, seine engsten Freunde eingeschlossen? Hat dieser Engel, vor dem du, je nachdem, hingeschmolzen oder auf die Knie gefallen bist, nicht vielleicht seine beherrschende Position ausgenutzt und seine Engelhaftigkeit dazu eingesetzt, das zu erhalten, worauf ihm seine Existenz allein kein Anrecht verschaffte? Lächelte er dich nur an, um dich zu beruhigen? Und waren die berühmte Zerstreutheit und die charmante Unbekümmertheit im Grunde nicht nur ein idealer Vorwand, um dich unzählige Kröten schlucken zu lassen? War sein ganzes Verhalten letzten Endes nur eine glänzende Hochstapelei, eine Falle, in die du gestürzt bist, weil die Mädchen seit undenklichen Zeiten unweigerlich in die Fallen tappen, die ihnen die Jungen stellen?

Und dieser unbekannte Vorname auf den Titelblättern der Bücher, deutet er nicht auf entsetzliche Enthüllungen hin?

Leo

An den Fenstern der Häuser hängen noch ein paar Lampions. In der sternklaren Nacht dieses bisher von ungünstiger Witterung verschonten Herbstes betrachte ich die Laternen, die vergessen worden sind, oder die man, in der Hoffnung, die Festfreude des Rificolona etwas zu verlängern, dort gelassen hat. Die Lichterketten haben sich in vereinzelte Punkte aufgelöst, aber es ist doch noch etwas von unseren vergangenen Freuden zurückgeblieben.

In diesem Jahr war Luca am 7. September in den Straßen von Florenz an meiner Seite, und wir machten uns auf die hübschen Farben aufmerksam, die die Italienerinnen uns von ihren Balkonen herabsandten. Die Luft war warm, es herrschte dichtes Gedränge, und wir waren fast zum ersten Mal gemeinsam draußen, endlich hatten wir unsere Heimlichkeit hinter uns gelassen.

Er hatte mir vorgeschlagen, ihn zu begleiten, ich hatte nicht damit gerechnet. Er sagte: »Laß uns auf die Straße gehen, laß uns ordentlich feiern, Wein trinken.« Ich bin ihm wortlos gefolgt, war jedoch erstaunt über seine plötzliche Lust, das Hotel zu verlassen, sich an meiner Seite zu zeigen.

Ehe wir hinuntergingen, habe ich ein T-Shirt übergezogen, bin in eine Jeans geschlüpft und habe meine Haare etwas in Ordnung gebracht. Als sich die Tür hinter uns schloß, hat Luca seine Hand um meine Schultern gelegt. Das letzte Mal habe ich geweint, als ich neun war.

Wir sind lange durch die tosende Stadt gegangen, umgeben von Lachen und Geschrei. Am Arnoufer tranken wir im

Stehen Bier. Wir lehnten uns an die Mauern der alten Gebäude, um die wogende Menge zu beobachten. Wir verirrten uns absichtlich in weniger beleuchtete Gassen. Wir machten einen Bogen um den Bahnhof, damit wir nicht meinen Schicksalskameraden begegneten. Wir atmeten die verpestete Luft in vollen Zügen ein. Wir wechselten keine zwei Worte.

Gegen zwei Uhr in der Frühe hat sich uns ein junger Mann genähert, ohne daß wir ihn kommen sahen, und hat Luca um Feuer gebeten; der hielt ihm daraufhin sein Feuerzeug hin. Mit einem etwas aufreizenden Verlangen zog er Lucas Hand zu sich heran, um ihm zu bedeuten, daß er erwarte, daß Luca ihm die Zigarette anzünde. Luca erfüllte den Wunsch lächelnd. Für ein paar Sekunden hielten sie sich aneinander fest. Dann fiel die Hand herunter.

Als wir beide wieder allein waren, gab mir Luca mit einem einzigen Blick zu verstehen, daß flüchtige Abenteuer mit jungen Männern nicht sein Fall sind.

Wenn ich eines Tages auf die Frage antworten muß, was mich an ihn band, werde ich diese Episode von dem jungen Mann und dem Blick danach anführen. Aber natürlich wird mich keiner verstehen.

Sie werden einfache Worte gebrauchen, alltägliche Worte, um von uns zu sprechen, diejenigen, die von uns sprechen werden. Aber das werden nicht die passenden Worte sein. Nicht, daß man komplizierte Worte oder geschraubte Formulierungen dafür brauchte; aber es geht darum, richtig zu sehen, sich nicht zu täuschen. Sie werden sich täuschen. Sie werden eine Geschichte erzählen, und wir werden eine andere gelebt haben.

Luca

Dies sind die letzten ruhigen Augenblicke.

Unwetter kündigen sich an. Niemand weiß darüber so gut Bescheid wie die toskanischen Bauern. Sie kennen die Farbe des Himmels, die Neigung der Olivenbäume, das Blasen des Windes. Sie können dir mit verblüffender Genauigkeit vorhersagen, wann die Gewitter losbrechen werden. Sie stehen da, vor den Hügeln, und brauchen nicht lange die Abhänge hinabzuschauen, ein paar Sekunden reichen ihnen. An dem hohen Gras, das sich umlegt, am Zittern, das über die Landschaft geht, an den Schatten, die sich auf den Feldern abzeichnen, an den Wolken, die sich bilden, können sie mit Sicherheit ablesen, wann der Regen kommen wird, sie täuschen sich nie. Plötzlich siehst du gebückte alte Männer die Feldwege entlangeilen, um ihre Höfe zu erreichen, du siehst ewige Witwen, die sich am Rand eines Zypressenwäldchens die Zeit vertreiben, ihre Gatten wieder verlassen, um sich in ihre Häuser zurückzuziehen. Du hörst, wie das Zirpen der Zikaden aufhört, du bemerkst, daß die Steineichen zu beben beginnen und die Katakomben unter dem aufgerissenen Himmel versteinerter als sonst wirken. Es gibt keinen Zweifel: Der Regen wird gleich losbrechen.

Unter meiner Decke aus einem unbeweglichen Stein und herumwirbelnden Blättern geht es mir zum ersten Mal wie den toskanischen Bauern. Ich weiß, daß der Regen gleich herunterprasseln wird.

Auch in der Stadt häufen sich die Vorboten. Die Wassermassen des Arno fließen plötzlich schneller, unterirdische

Wellen schlagen gegen die Brückenpfeiler, die Fluten verfärben sich allmählich gelb und bekommen schwarze, glänzende Stellen, die Ufer verschwinden: Der Fluß bereitet sich vor. In den Straßen beschleunigen die Passanten ihre Schritte, öffnen vorsorglich Regenschirme, die ihnen der Wind wegbläst, betrachten ängstlich die Drohungen des Allerhöchsten. Auf den Caféterrassen beeilen sich die Kellner, die Tischtücher zusammenzufalten und die Tische wegzuräumen. Man schließt die Glasveranden, die man in der Hoffnung, die Sonne zeige sich noch einmal, offengelassen hat. Die Zeitungsverkäufer ziehen Planen über ihre Illustrierten, und die Schwarzhändler packen ihre Waren zusammen: Der Regen schadet dem Geschäft. Überall schlägt man die Kragen hoch, senkt die Köpfe, beschleunigt die Schritte, ein ganzes Volk zerstreut sich. Fenster werden geschlossen, Vorhänge vorgezogen, es sieht aus wie vor einem militärischen Angriff.

Und ich warte am Rand meiner Allee, auf der Staub herumwirbelt, geduldig auf die Drohung, die sich erfüllen wird.

Ich werde nichts aufhalten. Wenn die Elemente sich entladen, sind wir zur Machtlosigkeit verdammt. Wir sind nur noch hilflose Zuschauer. Man muß »warten bis es vorübergeht«, wie unsere Großmütter sagten. Sie hatten recht.

Die Wolken werden gleich wie Geschwüre aufbrechen. Das Wasser wird herunterströmen wie das Blut einer eiternden Wunde. Die Wut der Wasserfluten wird der der Götter gleichen. Es ist fast vierzig Jahre her, da hat sie alles mit sich gerissen. Die alten Florentiner haben es nicht vergessen.

Wie viele werden dieses Mal den Kopf oben behalten?

Anna

Heute gehe ich noch einmal aufs Polizeirevier. Dieselben grünen Plastikstühle. Dieselben Plakate, mit denen die Bevölkerung zur Wachsamkeit aufgerufen wird. Die Beständigkeit der Gegenstände in den Amtsstuben beruhigt mindestens so, wie sie in Erstaunen versetzt. Alles scheint uns vertraut. Aber gleichzeitig lähmt das Beharrungsvermögen alles. Man hat den Eindruck, nichts wird sich rühren, die Bürokratie wird unvermeidlich den Sieg davontragen, trotz des guten Willens einzelner, die Verbrechen werden durch diese verschlissenen Uniformen nicht aufgehalten, die Rätsel durch diese abgestumpften Beamten nicht aufgeklärt werden. Die ganze Resignation Italiens spiegelt sich in den Polizeirevieren. Die Schlauheit und die Kriminalität des Landes befinden sich draußen, vor deren Türen.

Dieselbe Parade der Fußkranken. Man trifft hier verwirrte Greise, rebellierende Kinder, gescheiterte Selbstmörder, Türken in Handschellen, Prostituierte hinter Gittern, zusammengepferchte Betrunkene, kleine blutüberströmte Gangster. Kaum ein Unterschied zu einer Krankenhausnotaufnahme in einem der Vororte von Paris am Sonntagabend.

Ich bin mit Inspektor Tonello verabredet. Gleich zu Beginn informiert er mich, daß seine Untersuchungen an einem toten Punkt angelangt seien. Ich habe nicht den Mut, ihn zu dem Eingeständnis zu zwingen, daß gar keine Untersuchung stattgefunden hat. Eine gewisse Erschöpfung und die uneingestandene Hoffnung, daß die Spur des Selbstmords ebenso wie die des Mordes falsche Spuren sind, läßt mich weiter schweigen.

Der Polizist führt hinter seinem Schnurrbart »den Personalmangel, den Anstieg der Kriminalität und den Ausfall durch Krankheiten« als Gründe an für das schleppende Vorgehen bei der Suche nach Antworten auf die Fragen, die er sich selbst gestellt habe. Ich betrachte ihn voll Mitleid, es ist nicht ernstgemeint, aber es wirkt so, ich bin mir sicher.

Er informiert mich, daß er bezüglich der Schlafmittel, die Luca genommen hat, nichts Neues herausbekommen habe und daß er versuchen werde, genauere Einzelheiten darüber in Erfahrung zu bringen, welchen »Umgang der Tote« neben dem mit Personen aus seinem näheren Umkreis noch hatte. Ich höre ihm höflich und geduldig zu.

Da er mir nichts mitzuteilen hat, frage ich ihn einfach, ob ihm der Name Leo Bertina etwas sage. Die bloße Erwähnung dieses Namens genügt, um seine Gesichtszüge schlagartig zu verändern. Man könnte meinen, unser guter Schnüffler habe eine Entdeckung gemacht oder ein Blitz aus heiterem Himmel habe ihn getroffen. Die unerwartete Veränderung, sein Rotwerden, sein plötzliches Interesse entgehen mir nicht.

»Dieses Individuum ist tatsächlich kein Unbekannter für uns. Darf ich Sie fragen, wie Sie, gerade Sie, dazu kommen, diese Person zu kennen?« Die Betonung des »Sie« und die Wiederholung lassen mich ahnen, daß ich eigentlich nicht die Art von Person bin, von der man erwarten könnte, daß sie Leo Bertina kennt. Ich denke sofort an die getrennten Welten. Und an die Bilder, die wir von uns weisen.

Ich antworte schließlich, daß ich die Person nicht kenne, daß ihr Name sich lediglich in Büchern, die auf Lucas Regal stehen, findet.

»Sie haben seine Wohnung durchsucht?«

Die Frage enthält offensichtlich einen Vorwurf. Sie hat den Unterton einer Inquisition.

»Sie erinnern sich zweifellos, daß wir uns sehr nahestanden, Luca Salieri und ich. Sie werden also nicht überrascht sein zu erfahren, daß ich ohne Schwierigkeiten Zugang zu seiner Wohnung habe.« Die Antwort enthält ihrerseits einen Anflug von Ironie. Sie hat den Unterton einer Lüge.

»Wohnungen zu durchsuchen ist Aufgabe der Polizei.« Die Behauptung hat den Charakter einer Beleidigung.

»Und es ist meine, hinter das zu kommen, was man vor mir verbirgt, und die Versäumnisse der Polizei aufzudekken.« Ich versuche nicht einmal mehr zu lügen: Es ist vordringlicher, die Beleidigung nicht unerwidert zu lassen.

»Die Unterhaltung ist beendet. Wir werden Sie vorladen, wenn wir zusätzliche Informationen brauchen.« Der Rausschmiß ist, gelinde gesagt, kurz und bündig. Ich halte es nicht für sinnvoll, nachzuhaken. Ich ahne, daß man mir nicht mehr sagen wird.

Zitternd verlasse ich Tonellos Büro. Ich habe Angst davor, zu entdecken, wer dieser Mann ist, der die Fähigkeit besitzt, einen Polizeibeamten aus dem Gleichgewicht zu bringen.

Ja, wer ist Leo Bertina?

Leo

Bullen in Zivil stürmen in den Bahnhof und schnappen mich auf der Stelle. Sie sind offensichtlich nur meinetwegen gekommen. Meine kleinen Kameraden lassen sie in Ruhe, sie schauen sich nicht einmal nach ihnen um. Normalerweise machen sie eine Razzia, wenn wir uns nicht schon wie ein Schwarm Spatzen in alle Winde zerstreut haben. Sie haben sich gleich auf mich gestürzt, nur auf mich. Sie haben mir ihre Marke gezeigt, sie haben sich ausgewiesen, ohne daß ich Namen behalten hätte. Dann haben sie mich aufgefordert, ihnen zu folgen, in einem bestimmten, aber nicht wirklich aggressiven Ton, von der Sorte: »Mach kein Theater«. Schlagartig bleibt jeder an seinem Platz, niemand rührt sich, niemand wagt aufzumucken. Man protestiert schon lange nicht mehr. Als ich mich beim Verlassen des Bahnhofsgeländes umdrehe, sehe ich den Schwarm der Jungs aufgereiht an den Pfeilern lehnen, und dieser Anblick beruhigt mich.

Ich kenne die Bullen, ich habe sie schon gesehen. Der eine von ihnen ist sogar ganz hübsch: Wenn er nicht auf der falschen Uferseite stünde, wäre ich versucht, ihm zur Abwechslung eine einfache Fahrkarte zum üblichen Vergnügen anzubieten. Aber er ist bestimmt verheiratet. Sie werden mir entgegenhalten: Es gibt viele Männer, die ihre Stellung als Ehemann nicht daran hindert, mit einem zweiundzwanzigjährigen Jungen im Bett zu landen.

Auf der Fahrt ins Revier im Polizeiwagen unterhalten sie sich nicht mit mir. Das Schweigen hat etwas Unwirkliches. Es ähnelt der Scham, einer Scham, die durch unsere Nähe verstärkt wird. Das Knie des hübschen Polizisten berührt das meine in jeder Kurve. Einen Moment lang drehe ich mich zu ihm um, und sein Blick wird unsicher. Ich denke, seine Frau hat allen Grund, sich Sorgen zu machen.

Als wir endlich da sind, führen sie mich zu Inspektor Michele Tonello. Ich habe nichts gegen diesen Tonello. Der Typ ist in Ordnung. Mit seinem kleinen Schnurrbart wirkt er in gewisser Weise wie von gestern, was einem fast Vertrauen in die Polizei geben könnte.

»Sieh an, Leo Bertina, es ist eine Ewigkeit her!« Er hat diese vertrauliche Art, die einen immer wieder verblüfft. Wir stehen nicht auf du und du, er und ich. Wir werden nie Verbündete sein, und noch weniger Freunde. Wir überschauen genau, was uns trennt: ein unüberbrückbarer Abgrund. Zwischen uns besteht nicht der geringste gegenseitige Respekt, keinerlei Achtung, keinerlei Komplizenschaft. Es kann nicht einmal darum gehen, festzustellen, ob wir uns auf gleichem Fuß begegnen oder nicht. Wir gehören nicht derselben Welt an, basta, das ist alles. Trotzdem könnte ich nicht erklären, warum ich in seiner Begrüßung keine Scheinheiligkeit erkenne. Ich glaube, er und ich, wir wissen beide, was wir voneinander zu erwarten haben.

Wir wissen beide, daß wir uns Luca Salieris wegen gegenüberstehen.

»Wenn du mir bitte erzählen würdest, was du am Abend des 19. September gemacht hast …« Ich hätte fast vergessen, daß sich Tonello nicht mit Präliminarien und Formalitäten aufhält. Er steuert sein Ziel direkt an, bestimmt, weil Umwege ihn zu sehr ermüden würden. Der Inspektor ist ein müder Mann.

»Ich nehme an, daß es sinnlos ist, Sie zu belügen.« Ich könnte mich widersetzen, die Fragen nicht beantworten, Ausflüchte suchen, mich dieser Inquisition, dieser Einmischung in mein persönliches Leben entziehen. Ich könnte mich wehren, denn ich werde hier nicht in meiner Eigenschaft als Prostituierter verhört, zur Rechenschaft gezogen, mit einer Nacht in der Zelle bedroht. Ich könnte mich weigern, Einzelheiten über eine Nacht mitzuteilen, die ich nicht mit Kunden verbracht habe, könnte es ablehnen, mich für das zu rechtfertigen, was nur mein Privatleben betrifft. Aber wenn sie mich vorgeladen haben, dann deshalb, weil sie die Hauptsache schon erfahren haben, auch wenn ich nicht weiß, woher. Was würde es also nützen, sie an der Nase herumzuführen?

»In der Tat, sinnlos. Um so mehr, als du in diesem Stadium nur in deiner Eigenschaft als Zeuge vernommen wirst.« Ich weiß, daß das nächste Stadium das des Angeklagten ist. Ich versuche, mich an die Verbrechen zu erinnern, die ich begangen habe.

»Am Freitag, dem 19. September, war ich mit Luca Salieri zusammen.«

Luca

Die Dinge überstürzen sich. Und sie kommen immer näher.

Eine Handvoll Bücher haben mich verraten. Ich hatte nicht einmal beachtet, daß sie mit Namen versehen waren. Meine Denunzianten waren stumm. Das war schwer vorauszusehen.

Von nun an nimmt alles seinen Lauf. Wie in der Tragödie. Man kann nichts mehr tun. Die Dinge sind in Bewegung geraten und lassen sich nicht mehr aufhalten. Man mag noch so sehr einen Aufschub, einen Zufall, glückliche Umstände, ein unerwartetes Ereignis herbeisehnen, sie werden trotzdem zu ihrem Ende kommen, und dies Ende steht fest.

Ab jetzt gibt es keine Überraschungen mehr, oder fast keine. Es werden vielleicht ein paar unerwartete Wendungen eintreten, man wird vielleicht mehrmals einen neuen Anlauf nehmen müssen, aber man weiß ganz genau, wohin der Weg führt: in eine ausweglose Schlucht.

An der Tragödie ist es das Angenehme, daß man nicht von Hoffnung hingehalten wird, außer von der auf ein Wunder. Aber das Wunder wird sich nicht ereignen. Weil Gott nicht existiert.

Man muß den Kelch bis zur Neige austrinken, den ganzen Bodensatz aufrühren, Licht in alle Schattenzonen bringen, dem Chaos die Stirn bieten, im Schmutz wühlen, die Ausschweifungen, die Schamlosigkeiten, die Schändlichkeiten benennen, Schmach und Schande in Kauf nehmen, nach Erklärungen, Rechtfertigungen, Entschuldigungen suchen, welche finden oder auch nicht.

Am Ende werden alle Verlierer sein, und das ist genau das, was ich hatte vermeiden wollen. Und man wird es mir nicht einmal anrechnen, daß ich den Willen hatte, Leid zu verhindern.

Ich denke auch an die Verdächtigungen, die Unterstellungen, die Beschuldigungen, die wachsen und gedeihen werden wie die Chrysanthemen auf meinem Grab oder wie ein Tumor. Ich male mir die Vermutungen aus, die man anstellen wird, die falschen Fährten, die unsere Schnüffler verfolgen werden. Die ganze Wahrheit werden sie nie herausbekommen. Selbst wenn man ihnen alles sagte, was man weiß.

Sie werden mich lediglich etwas mehr aus der Nähe sehen, und der Anblick wird nicht immer schön sein. Junge Männer, die aus der Nähe schön sind, sind ein Wunder. Und die Ausnahme. Wenn man einen von ihnen ausfindig gemacht hat, darf man ihn nicht wieder loslassen. Leo war einer von ihnen.

Sie werden hinter die Fassade schauen. Sie werden feststellen, daß ich nicht nur dieser strahlende, bewunderungswürdige junge Mann war, der ihnen so schmeichelte, dieses träumerische und charmante Wesen, das sie rührte. Sie werden sich meinen Schattenseiten, meinem trüben Spiegelbild nähern. Sie werden Schändlichkeit und Verrat rufen. Sie werden nicht eine Sekunde lang auf die Idee kommen, daß dies ein und dieselbe Person ist, die ein Ganzes bildet. Und daß nichts Anstößiges daran wäre, wenn sie es fertigbrächten, die Scham und die Gehässigkeit, die ich in ihnen wecke, zu überwinden.

Anna

Ich spreche seinen Namen aus.

Leo Bertina.

Ich trenne die fünf Silben.

Und ich beobachte die Reaktionen von Susanna und Giuseppe. Die sind eindeutig: Tonello hat geredet. Der Name ist den Eltern zum Fraß vorgeworfen worden, diesen Eltern, die sich doch nach nichts anderem als nach Ruhe sehnen, die schon genug Alpträume haben und nicht noch mehr brauchen können, die gehofft hatten, dem Schrecken genug Tribut gezollt zu haben. Die Gesichter der beiden fallen gleichzeitig in sich zusammen. In ihren Mienen spiegeln sich Reue und Niedergeschlagenheit. Es tut weh, sie so zu sehen. Aber niemand wird ihnen diesen Kummer abnehmen. Er bleibt ihnen, ihnen allein, bis ans Ende ihrer Tage.

Zunächst weigern sie sich, mir mehr zu sagen. Sie verschanzen sich hinter ihrem Schweigen, wie Nagetiere, die in ihren Bau flüchten. Sie sind Nagetiere, kleine Tiere, die dazu verdammt sind, in Höhlen zu leben.

Ich spüre, daß Susanna kurz davor ist, nachzugeben, aber Giuseppe hält sie mit einem kurzen festen Händedruck auf ihren Arm zurück. Die alten Familien sind so gebaut: Sie treten erst ab, wenn der Lack Sprünge bekommt. Es ist also von höchster Wichtigkeit, diese Lackschicht nicht zu zerkratzen.

Ein Telefonanruf bewahrt mich vor einer erneuten Maskerade. Ein Telefonanruf wie ein Ruf des Schicksals. Die Haushälterin bringt eine Nachricht, und Giuseppe verabschiedet sich von uns. Er weiß schon jetzt, daß ich bei seiner Rückkehr alles wissen werde, was man mir bisher verheimlicht hat. Er findet sich damit ab, wie man etwas Unvermeidbares akzeptiert.

Susanna leistet noch ein wenig Widerstand. Und ich weiß nicht, ob dieser Widerstand bezweckt, mich zu schonen, oder ob sie sich selbst schonen will. Ich spüre, daß das Geständnis schwierig ist, aber es scheint noch schwieriger zu sein nachzugeben als zuzuhören. Gewiß, dem Bürgertum widerstrebt es, seine schmutzige Wäsche auszubreiten, aber welche Ausschweifung, welche Schandtat verdient so viel Vorsicht? Das müssen ja entsetzliche Laster sein, um die so viel Wesens gemacht wird! Ich versuche es mit Ironie, um meine Angst zu zerstreuen, wie beim Überqueren von Abgründen.

»Leo Bertina ist ein junger Prostituierter, der für gewöhnlich am Bahnhof von Florenz seinem Beruf nachgeht.« Das Vokabular ist merkwürdig. Ich behalte den Ausdruck »Prostituierter«, und ich bin verwundert über die Formulierung »seinem Beruf nachgehen«. In den guten Häusern legt man die guten Sitten nie ganz ab.

»Daß sein Name in einigen Büchern von Luca stand, weist möglicherweise darauf hin, daß sich die beiden kannten. Die Polizisten versuchen, hinter die Gründe eines solchen Verkehrs zu kommen.« Jetzt ist es das Wort »Verkehr«, das meine Aufmerksamkeit erregt. Oder vielmehr: Es verletzt mich. Ich verbinde eine zärtliche Bedeutung damit, die es in Susannas Mund nicht hat. Gleich wird mein Kopf zerspringen.

»Was für einen Verdacht haben sie, wenn sie überhaupt einen haben?« Haltung bewahren, sich auf die Fakten konzentrieren, die Situation objektiv einschätzen, Interesse vortäuschen, während in einem alles zusammengebrochen ist.

»Dieser Bertina ist der Polizei einschlägig bekannt. Er hat einige Zeit wegen Diebstahls im Gefängnis gesessen. Schon zwei Jahre davor hat er einen Familienvater erpreßt. Vielleicht war Luca das Opfer eines Erpressungsversuchs seitens dieses Individuums.«

Ich wage nicht zu fragen, wie es dazu gekommen sein soll, daß er einem Erpresser in die Hände fiel. Ich ahne die Antwort.

Leo

Tonellos Stimme ist schleppend, fast sanft. Seine Art und Weise zu reden ist etwas affektiert. Man fühlt sich in seiner Gegenwart nicht in Gefahr. Auch nicht in Sicherheit, man soll nichts übertreiben. Aber man errät, daß man ihn machen lassen kann, selbst wenn man weiß, daß ihn machen lassen, sich von ihm hereinlegen lassen heißt.

Es ist das erste Mal, daß ich autorisiert bin, von Luca zu reden, seinen Namen außerhalb der vier Wände meines Hotelzimmers auszusprechen. Das erste Mal, daß ich mich laut von ihm werde reden hören, ohne seine Anwesenheit. Von diesem ersten Mal habe ich oft geträumt. Ich habe nicht geahnt, daß es ein Polizeiinspektor sein wird, der mir die Beichte abnimmt.

Wie wird sein Name im Büro eines Reviers, dem jeder Reiz abgeht, klingen?

Es verbrennt mich, es verzehrt mich innerlich. Ein Gefühl zwischen Brand und Krebsgeschwür. Ich muß unbedingt reden, das ewige Schweigen unter Worten begraben. Aber obwohl ich die Worte tausendmal in meinem Kopf hin- und hergewälzt habe, kann ich nicht garantieren, daß ich sie alle wiederfinde. Ich bin sogar sicher, daß ganz andere Worte aus meinem Mund kommen werden, weniger genaue, die die Sache nicht treffen. Sie werden bestimmt hinter der Wahrheit oder sonstwo zurückbleiben. Und der Inspektor wird sie durch seine eigenen Worte ersetzen. Am Ende wird ein schönes Durcheinander herauskommen.

Wird man leicht, wenn man ein Geheimnis, das man so lange mit sich herumgetragen hat, abwirft? Oder bedauert man ganz im Gegenteil, daß man gesprochen hat, daß man den anderen mitgeteilt hat, was nur einem selbst gehört? Fühlt man sich befreit oder beraubt?

»Welcher Art genau war deine Beziehung zu Luca Salieri?« Die Frage ist klar, keine Falle, sie hat die Hauptsache im Blick, sie ist so formuliert, daß sie alles offenläßt, einmal, damit ich nicht gleich auf stur schalte, dann aber auch in der Absicht, das Maximum an Information aus mir herauszuholen. Tonello ist auf seine Weise ein Profi.

»Er besuchte mich von Zeit zu Zeit im Hotel Solferino, wo ich wohne.« Sich nur nicht auf einen Schlag ausliefern, sich für den Moment auf die wesentlichen Dinge beschränken, sich an die nachprüfbaren Fakten halten, ihn nicht an einen Punkt bringen, wo er auf Abwege geraten könnte.

»War er ein Kunde? Ein regelmäßiger Kunde?« Die Felder sind abgesteckt. Unsere Plätze stehen fest. Für Tonello gehe ich auf den Strich, nichts anderes. Ich habe keine andere Rolle, keine andere Funktion. Die, die mit mir verkehren, tun dies ausschließlich meines Berufs wegen. Ihm sitze ich heute einzig und allein deshalb gegenüber, weil er Polizist ist. Wir hätten uns unter keinen anderen Umständen begegnen können als unter denen, die sich aus unserem jeweiligen Beruf ergeben.

»Nein.« So. Das ist das Sandkorn in diesem perfekt geschmierten Getriebe, der Fleck auf diesem weißen Blatt, auf dem die Geschichte nur darauf wartet, in runden und einfachen und voraussehbaren Buchstaben eingeschrieben zu werden, der Störfaktor in dieser Welt, die sich so anstandslos dreht. Die Überraschung ist meinem Gesprächspartner ins Gesicht geschrieben.

Aber Tonello ist nur überrascht, weil er dachte, die Regeln zwischen uns stünden fest, ich würde nicht kneifen und ihn nicht belügen. Er ist enttäuscht, fast gekränkt. Tonello kann nicht begreifen, daß ich die Wahrheit sage. Dieses grundlegende Mißverständnis trennt uns total.

Luca

Armer Leo.

Sie werden ihn demütigen, ihn über die Grenzen des Schamgefühls hinaustreiben, ihn zwingen, das Unsagbare zu sagen. Und ihm wird nichts anderes zur Verfügung stehen als sein armseliges Vokabular, das der glücklichen Menschen, und seine Brutalität, die der kleinen, miesen Halunken, denn so nennt man Leute wie ihn leichthin.

Sie werden Details, Daten, Orte, Umstände wissen wollen. Werden seine Aussagen auf gemeine Weise in Frage stellen. Werden ihm zu verstehen geben, daß sie sich nichts vormachen lassen, daß man sie nicht für Dummköpfe halten darf. Und er wird in Rage geraten, Ausflüchte benutzen und sich, ohne es zu wollen, ins Unrecht setzen.

Sie werden ihn manipulieren, ihm drohen, ihm schmeicheln, je nachdem, und schließlich wird er nachgeben. In solchen Situationen behält immer die Schwäche die Oberhand. Die seine hat ihre Wurzeln in der Kindheit, sie hat ihn nie verlassen. Seine Härte tritt nur nach außen in Erscheinung.

Arme Anna.

Sie wird sich in den Qualen eines endlosen Knäuels von Fragen verlieren. Sie wird wie ein Stück Holz sein, das in einen tiefen Brunnen geworfen wird und mit einem dumpfen Geräusch gegen die Umrandung schlägt, und dessen unaufhaltsamer Fall sich beschleunigt, bis es einen immer weiter entfernten Grund berührt.

Auf der Suche nach einer immer weiter vor ihr zurückweichenden Grenze wird sie neue und trostlose Territorien entdecken.

Annäherungen und Interpretationen werden ihr nicht erspart bleiben. Sie wird allen Mut zusammennehmen und sich an jedem Strohhalm festhalten müssen. Um vom Treibsand, in dem sie ums Überleben kämpft, nicht verschlungen zu werden, wird sie sich mit den Händen an dem Stock festklammern, den man ihr hinhält. Sie wird zu spät erkennen, daß es sich um eine scharfe Klinge handelt.

Arme Eltern.

Sie sind dazu verdammt, noch einmal diesen Alptraum zu durchleben, den sie tief in ihrer Erinnerung vergraben glaubten, diese verheerenden Erfahrungen, die sie durchmachten, als ich siebzehn Jahre alt war. Alles wiederholt sich für sie, unverändert. Die Vergangenheit tut sich vor ihnen auf, es sind ihre Gespenster, es ist ihr Modergeruch.

Sie dachten, sie hätten die Sache hinter sich, sie wären die Last los, die sie bedrückt hatte, und nun beginnt alles noch einmal. Sie glaubten, von jedem Verdacht reingewaschen, wieder sauber, vor neuen Dreckspritzern geschützt zu sein, aber die Schande hat ein dickes Fell, ist es nicht so?

Es ist wie ein Fleck, der sich nicht entfernen läßt, wie Schmutz, der nicht verschwindet, wie ein Makel, mit dem man für immer behaftet ist, wie eine Sünde, die kein Gott vergibt. Die Christusbilder werden keine Hilfe sein, die in ihren Schmerz gehüllten Madonnen auf den Gemälden im großen Treppenhaus werden niemanden auf den rechten Weg zurückführen, die Gebete in der Messe am Sonntagmorgen können das Grundübel nicht wegwaschen. Sie werden der Hölle und der Verdammnis nicht entkommen.

All das könnte einen zum Lachen veranlassen, aber es wäre ein sardonisches und verzweifeltes Lachen.

Anna

Ich habe die Mutter vor mir, zerstört, über ihrer Schande zusammengebrochen; entgegen aller Wahrscheinlichkeit hofft sie, daß das, was es noch zu entdecken gibt, nicht schlimmer sein wird als das, was sie schon weiß. Ich habe sie vor mir, mit ihrer verstörten Miene, ihren ungeschickten Bewegungen, ihrer Verwirrung, ihren Beinen, die nervös zittern, ihren knochigen Händen, die ein Spitzentaschentuch zerknüllen. Ich habe sie vor mir in ihrem strengen Kleid, zu Füßen ihrer Wappen, ein kleines zerknittertes Etwas, ein wenig lächerlich, zermalmt von einer Katastrophe. Und plötzlich habe ich mich selbst vor mir: Noch nie habe ich ihr so geglichen wie heute. Ich bin ebenso armselig und alt wie sie, und wie sie trage ich einen unbenennbaren Fluch.

Im Grunde gleiche ich ihr seit dem ersten Tag. Ich bin nicht in diese Familie eingetreten: Ich bin darin aufgegangen. Man brauchte mich nicht zu empfangen: Ich fühlte mich schon zu Hause. Ich habe weder nach geltenden Regeln noch nach Orientierungspunkten gesucht: Ich kannte sie alle.

Ich wiederhole mir jedes der Worte, die Susanna gebraucht hat. Mir ist klar, daß sie genau abgewogen und sorgfältig gewählt wurden. Daß sie versuchen, die Sache herunterzuspielen, abzuwerten, zu banalisieren. Nichts hat etwas zu bedeuten. Aber genau dieser Versuch der Abwertung ist es, der das, was aufgedeckt wird, deutlich hervortreten läßt. Die Art auszuweichen stachelt das Interesse an. Die Verschleierung zwingt dazu, weiterzuforschen. Wie immer ist es das Unausgesprochene, das uns am meisten Aufschluß gibt, das Zögern, das die Wahrheit verrät, der abgewandte Blick, der uns dazu bringt, in eine andere Richtung zu schauen als in die, die man uns weist.

Und dann tauchen die Fragen auf.

Wie konnte Luca die Bekanntschaft Leo Bertinas machen? Bei welcher Gelegenheit? Welchem Schicksalsschlag verdankt sich diese unwahrscheinliche Begegnung? Wie ist eine solche Annäherung zu erklären, die die Distanz ihrer jeweiligen Leben Lügen straft?

Haben sie sich häufig gesehen? Hatten sie »Verkehr miteinander«, um den veralteten Ausdruck Susannas zu gebrauchen? Ich nehme an, daß man nicht im Besitz von Büchern eines anderen ist, wenn der andere ein völlig Unbekannter ist.

Und wenn sie sich häufig gesehen haben, was erzählten sie sich? Was hatten sie zu teilen? Was besaßen sie an Gemeinsamkeiten? Welches waren die Anknüpfungspunkte, die »Kreuzungsbereiche«? Worin bestanden ihre Beziehungen?

Wußte Luca von Leos Strafregister? Wie genau kannte er seine früheren Aktivitäten, seine gegenwärtigen Beschäftigungen? Wie nahe standen sie sich, wie groß war das Maß ihres gegenseitigen Vertrauens?

Hat Leo Bertina versucht, Luca zu schaden? Hat er ihn verführt, hat er ihn bedroht, einen schlechten Einfluß auf ihn ausgeübt? Oder hat sich Luca verführen lassen? Das konnte ihm leicht passieren. Oder hat er sich freiwillig in den Wolfsrachen gestürzt?

Ist Leo Bertina ein Wolf?

Worüber wollen ihn die Polizisten verhören? Haben sie einen Verdacht, haben sie Spuren? Und welche? Sind sie im Besitz von Beweisen? Und wofür? Wird man ihn zur

Rechenschaft ziehen oder nur eine Routineüberprüfung vornehmen?

Und plötzlich werden alle diese Fragen unerträglich. Man nimmt den Kopf zwischen die Hände und heult im Stillen.

Vor allem formuliert man nicht die einzige Frage, auf die es ankommt.

Als ich Susanna verlasse und wie ausgestoßen auf der Straße stehe, schlägt mir der schwarze Qualm der Auspuffrohre ins Gesicht. Geknatter ertönt: Ein Moped startet. Ich bin dem Sog des motorisierten Verkehrs ausgeliefert. Ein zufällig anwesender Passant hält meinen Sturz auf und bewahrt mich davor, auf den Gehweg zu fallen.

Leo

»Ich bin nicht sicher, ob ich richtig verstehe. Luca Salieri suchte dich in deinem Hotelzimmer auf, und du behauptest, er habe deine Dienste nicht bezahlt?« Die Fragen werden ungeduldiger und schneidender. Jetzt geht es darum, Tatsachen festzustellen, ein Protokoll in einfachen, jedermann verständlichen Worten aufzusetzen, wie in der Schule, wenn man die passende Antwort ankreuzen oder Felder ausfüllen mußte.

Meine Erklärungen müssen in die Felder passen, die Inspektor Tonello abgesteckt hat.

»Genau. Sie haben richtig *verstanden.*« Seine Worte gebrauchen. Ihn zu seiner Ausgangsfrage zurückbringen. Riskieren, ihn zu nerven.

»Kannst du mir dann vielleicht erzählen, was er in deinem Zimmer getrieben hat?« Können schon, aber wollen? Müssen?

»Eines Tages stand er im Bahnhof Santa Maria Novella vor mir. Er sagte, er heiße Luca Salieri. Ich hatte ihn davor nie gesehen. Ich nahm an, er wolle mit mir schlafen. Es war kein guter Tag: Ich habe ihn fast beleidigt. Er hat nicht mit der Wimper gezuckt. Am Schluß hat er nur gesagt, wir könnten Brüder sein. Ich habe ihm geglaubt. Ich weiß nicht, warum, aber ich habe ihm geglaubt. Können Sie das verstehen?«

»Nein, für mich ist das Kauderwelsch.« Der Inspektor hält sich nicht mit Umschreibungen auf, er versucht nicht, gut anzukommen oder etwas vorzutäuschen. Beschönigungen, Spitzfindigkeiten, das zählt nicht bei ihm. Na ja, so ist's mir lieber. Man verliert wenigstens keine Zeit.

»Habt ihr miteinander geschlafen, ja oder nein?« Binär sein. Das Spiel beenden. Tonello versteht sein Geschäft.

»Wenn sich die Frage nur so stellt, dann ist die Antwort: Ja.« Auf seinem Gesicht zeigt sich unvermittelt die Erleichterung des Polizisten, der soeben sein Geständnis bekommen hat. Sein ganzer Körper entspannt sich. Der Sieg läßt ihn zittern. Es ist zum Lachen.

Der Rest steht in einem Protokoll. Ich habe ein Blatt mit dem Briefkopf der Ordnungspolizei, das man mir hinhielt, unterzeichnet, ohne es noch einmal durchzulesen, ja, ohne einen Blick darauf zu werfen. Die Worte waren zweifellos meine.

»Du siehst, wir machen Fortschritte. Und nun zur Nacht seines Todes: Habt ihr sie zusammen verbracht?«

»Die Nacht auf Freitag haben wir zusammen verbracht. Ich weiß nicht, ob das die Nacht war, in der er umgekommen ist.«

»Genau diese Nacht war es.«

»Ich erfahre es gerade von Ihnen.«

»Es scheint dich nicht zu überraschen.«

»Nur sein Tod hat mich überrascht. Alles übrige ist nebensächlich.«

»Nicht, wenn man ihn in den Fluß gestoßen hat, nachdem man ihn mit Schlafmitteln vollpumpte.«

»Das ist absurd.«

»Bist du dir da so sicher?«

»Ich bin mir über nichts sicher.«

»Im Grunde sind wir uns gleich, du und ich. Außer, daß ich neugieriger bin als du.«

»Das ist Ihr Job.«

»Und der ist nicht immer lustig.«

»Aber es gibt doch befriedigende Momente …«

»Welche zum Beispiel?«

»Zum Beispiel den, einen Verdächtigen so weit zu bringen, daß er gesteht, seinen Liebhaber in den Fluß gestoßen zu haben.«

»Du bist kein Verdächtiger. Nur ein Zeuge. Wenigstens im Augenblick.«

Luca

Er öffnete die Tür, er ging vor mir hinein, ich folgte ihm, die Geschichte begann.

Er sagte, er empfange niemanden in diesem Zimmer, ich sei der erste, der es betrete. Ich habe nicht an seinen Worten gezweifelt.

Zwischen uns sollte es keine Lügen geben. Ich dachte, es wäre möglich, mit dem Lügen aufzuhören.

Ich stand im Halbdunkel mitten im Zimmer. Er öffnete die Fenster. Ich sah den Fluß. Ich bekam die Bestätigung, daß ich mich nicht geirrt hatte.

Ich blieb lange so stehen. Er bat mich nicht, mich zu setzen. Trotzdem war es nicht peinlich. Überhaupt nicht.

Als er ins Bad ging, streifte er mich. Er trug den Geruch des Bahnhofs an sich.

Ich blieb allein zurück. Ich sah mich aufmerksam um. Sofort fühlte ich mich zu Hause.

Als er wieder ins Zimmer kam, waren seine Haare feucht und tropften auf sein T-Shirt. Die Szene kam mir bekannt vor.

Er legte eine Platte auf, eine langsame, traurige Melodie, überlagert von einer herzzerreißenden Stimme. Ich erkannte *Broken Statue* von Perry Blake.

Er zündete eine Zigarette an und setzte sich auf das Sofa. Als ich mich auch setzte, reichte er mir die Zigarette.

Durch das offene Fenster drang Verkehrslärm von unten herauf. Und Kindergeschrei.

Schließlich sagte er: »Ich heiße Leo.« Ich antwortete: »Ich

weiß.« Er hat mich nicht gefragt, woher ich seinen Namen kenne.

Er lehnte sich auf dem Sofa zurück und legte seinen Nakken auf den Rand. Sein Kopf fiel nach hinten. Sein Adamsapfel trat hervor.

Ich neigte mich zu ihm, legte meinen Kopf auf seinen Bauch und faltete meine Beine unter mir zusammen, damit sie nicht über das Sofa hinausragten. Zwischen seinen Lenden schlief ich ein.

Als ich aufwachte, war es Abend. Er hatte sich nicht gerührt. Neben ihm lagen mehrere ausgedrückte Zigarettenstummel in einem Aschenbecher.

Das Fenster stand noch offen. Die Platte hatte schon lange aufgehört, sich zu drehen. Aber die Wagen unten fuhren noch immer vorbei. Die Kinder waren inzwischen heimgegangen.

Ich richtete mich wieder auf, rieb mir die Augen, starrte ins Leere.

Er streckte den Arm aus und legte seine Hand unten auf meinen Rücken. Ich wandte mich ihm zu, um ihn zu küssen.

Ich dachte, es wäre möglich, mit dem Lügen aufzuhören.

Anna

Der Inspektor hat akzeptiert, mich noch einmal zu empfangen. Er vermittelt mir das Gefühl, er tue das aus Anteilnahme und um sein Mitleid auszudrücken. Er hat diese untröstliche Miene, die Nahestehende manchmal aufsetzen, wenn sie gezwungen sind, uns eine schlechte Nachricht zu übermitteln, oder wenn sie versuchen, uns über eine Enttäuschung hinwegzutrösten. Selbst sein Händedruck ist weich. Er versagt sich gerade noch die Ungehörigkeit, mich in die Arme zu schließen. Ich muß bedauernswert aussehen.

Ich stelle ihm keine Frage. Ihm gegenüber, in diesem schäbigen Büro, bleiben mir plötzlich die Worte im Hals stecken, ich verfalle in Schweigen. Ich bin unfähig, auch nur ein Wort herauszubringen. Eine Art Übelkeit befällt mich. Es ist eine Leistung, daß ich nicht in Tränen ausbreche.

Er sieht, wie hilflos und zermürbt ich bin. Er wird schon andere in diesem Zustand gesehen haben. Er steht mit dem Unglück auf du und du. Das Elend prallt an ihm ab. Und dennoch, man könnte meinen, ich nötigte ihm eine gewisse Sympathie ab. Irgend etwas in der Sanftheit seines Blicks, die behutsame Langsamkeit seiner Bewegungen, eine bestimmte Art der Aufmerksamkeit lassen darauf schließen. Ich bin die Frau mit dem Handicap, die, die man in ihrem Sessel stützt. Ich bin die blinde Frau, die, der man über die Straße hilft.

Ich spiele nicht Theater. Ich versuche nicht, an das Mitgefühl des Inspektors zu appellieren. Es ist über mich hereingebrochen, es erdrückt mich, es bricht mir das Rückgrat, es zermalmt mich. Es ist, als ob die Bedrohung, die über meinem Haupt schwebte, sich endlich entschlossen hätte, über mich hereinzubrechen, und ich unter ihrer Last ächzte.

Tonello reicht mir ein Glas Wasser. Ich trinke wie ein Kind, ich schlabbre wie eine Katze. Eine Regression.

Schließlich stottere ich: »Ich weiß jetzt, wer Leo Bertina ist. Warum haben Sie es mir nicht gesagt, als ich bei Ihnen war?« Dieses Gestammel ist auch ein Rückfall in die Kindheit.

»Ich war nicht autorisiert, Ihnen diese Art von Informationen zu geben. Trotz Ihrer Beziehung zu dem Opfer gehören Sie nicht zur Familie.« Das Blut ersetzt alles andere. Wenn man nicht dasselbe Blut hat, existiert man nicht. Das ist in die Gesetzestafeln eingraviert.

»Meine Beziehung zu dem Opfer ... Sie haben eine merkwürdige Art, die Dinge auszudrücken ... Die Sprache der Polizei ist nicht sentimental. Aber Sie haben recht. Vor allem im Hinblick darauf, daß meine Beziehung zu dem *Opfer* offensichtlich gar nicht so eng war ...« Dieses Eingeständnis ist am schmerzhaftesten. Wenn man es gemacht hat, kann man darauf hoffen, das Schlimmste hinter sich gebracht zu haben.

»Sie hatten keine Ahnung von der Verbindung, die zwischen Leo Bertina und Luca Salieri bestand?« Ich stelle fest, daß der Polizist schnell wieder zur Sache kommt. Das Mitgefühl hat nicht lange angehalten. Der Argwohn ist eine Berufskrankheit. Hätte ich ihn nicht von selbst aufgesucht, er hätte mich bestimmt über kurz oder lang einbestellt.

»Glauben Sie wirklich, ich sei im Bild gewesen? Und außerdem, im Bild über was genau?« Mich nicht überrumpeln, mich nicht malträtieren lassen, ihn auf seinen Platz verweisen, seine Schamlosigkeit, seine Erbärmlichkeit, sein beleidigendes Verhalten bloßstellen.

»Sie wußten nicht, daß die beiden ein Liebespaar waren?«

In Sekundenschnelle taucht die Vision eines von Pfeilen durchbohrten heiligen Sebastians auf. Das überdeutliche Gefühl, von den Spitzen durchdrungen, mit Banderillas gespickt zu werden, die scharfen Schneiden zu spüren, die die Reise durch meinen Körper antreten. Man sollte unserem Entsetzen nie Worte verleihen.

»Es ist merkwürdig, daß es ihm gelungen ist, sein Doppelleben vor Ihnen zu verheimlichen, daß Sie nichts davon bemerkt haben.« Es bleibt mir nichts erspart, weder die Unterstellung noch die eiskalte Ironie, der Vorwurf, der Verdacht, die kaum verhüllte Beschuldigung.

Es reicht nicht zu wissen, daß er tot ist. Er muß noch einmal ermordet werden, und ich bei dieser Gelegenheit mit ihm.

Leo

»Man wird eine Kontrolluntersuchung vornehmen müssen. Die Obduktion hat ergeben, daß sich auf Luca Salieris Schleimhäuten Spuren von Sperma befanden. In Anbetracht dessen, was du mir mitgeteilt hast, nehme ich an, daß sie von dir stammen, aber wir müssen den unwiderlegbaren Beweis erbringen. Ich muß dich also bitten, uns eine Probe deines Spermas zu liefern, die wir dann mit der Entnahme des Gerichtsmediziners vergleichen werden. Wenn du dich bitte in den Nebenraum begeben willst ... Ein Brigadeführer erwartet dich dort. Er wird dir alles geben, was du brauchst.« Tonellos Ton ist von einer verblüffenden Neutralität.

Ich erwidere nichts auf seine Ankündigung. Ich akzeptiere, daß ich ein Stück Fleisch bin, ein Versuchskaninchen, ein Tanzbär. Wenn ich länger als eine Sekunde darüber nachdenke, was man von mir verlangt, werde ich zum Mörder.

Der Raum, in den ich geführt werde, ist eine Dachkammer mit einem Veluxfenster. Das einzige Mobiliar ist ein Wandschirm. Der Brigadeführer, der mich empfängt, ist einer von denen, die mich auf dem Bahnhof abgeholt haben, der, der so hübsch ist und dessen Knie in den Kurven das meine berührte. Er sieht verlegen aus. Man hat ihm natürlich gesagt, was auf ihn zukommt. Eine Art Mutprobe erwartet ihn, ein Initiationsritus. Wenn er den Raum wieder verläßt, werden sich seine Kollegen mit dreckigem Lachen und Püffen in den Rücken über ihn lustig machen.

Er hat ein Glas mitgebracht, das er mir hinhält. Er weiß nicht recht, ob er mir Erklärungen ersparen soll und verzichtet schließlich darauf. Mit einem Augenwink zeigt er auf den Wandschirm, als hätte ich nicht kapiert. Es macht Spaß, seine Verlegenheit zu beobachten, sie hat etwas unglaublich Erheiterndes.

Da ich keine Anstalten mache, mich hinter den Wandschirm zu verziehen, erklärt er mir, für gewöhnlich gebe man denen, die diese ungewöhnliche Handlung an sich vollziehen müßten, Pornohefte, um ihre Phantasie zu stimulieren. Gleichzeitig entschuldigt er sich: »Wir haben keine Magazine mit Männern. Wir haben nur solche mit Frauen.«

Ich schaue ihn etwas mitleidig an, aber mir fällt keine Antwort auf seinen Satz ein.

Und dann empfinden wir schlagartig die Solidarität der Hilflosen, die Brüderlichkeit der Besitzlosen. Wir sind nicht mehr Fremde oder Feinde. Jede Gegnerschaft löst sich in nichts auf. Was bleibt, ist ein unüberwindliches Elend, das wir uns teilen.

Er stürzt sich als erster in meine Arme. Die erste enge Umarmung geht von ihm aus. Er zeigt die Heftigkeit von Kindern, die einen fast ersticken. Und ihre Angst, wenn sie fürchten, man könne sie im Stich lassen. Meine Arme hängen während seiner Umarmung ein paar Augenblicke einfach herab, dann lege ich sie um ihn. Meine Hände suchen seinen Nacken, sie packen ihn, sie streicheln ihn. Jeder hat sein Gesicht auf die Schulter des anderen gelegt.

Dann heben sich die Gesichter im selben Augenblick und weichen langsam zurück. Sie lösen sich von den Schultern, um sich gegenseitig anzuschauen. Die Blicke sind die Blicke Verzweifelter, Schiffbrüchiger.

Die Lippen begegnen sich, die Münder pressen sich aufeinander. Unsere Küsse sind kannibalisch.

Am Ende habe ich gerade noch Zeit, mich mit dem Glas, das er mir gebracht hat, zu bewaffnen. Der Glibber spritzt gegen die Wand. Ein paar Tropfen rinnen über seinen Bauch.

Das Sperma, das man auf Lucas Schleimhäuten gefunden hat, ist natürlich meines.

Luca

Jetzt ist der Herbst endgültig da. Das Grau über allem, die Kälte, von der man eine Gänsehaut bekommt, die welken Blätter, die herabfallen, der feine Regen, der einen bis auf die Knochen erstarren läßt: unmöglich, diese Zeichen nicht zu erkennen.

Der Arno ist noch weiter angestiegen. Der Fluß war schon immer ein gutes Barometer. Er ist die Meßlatte der Wetterberuhigung und der Katastrophen.

In meinem Friedhof habe ich mich daran gewöhnt, das Getriebe der Welt und die sprunghaften Reaktionen der Menschen zu beobachten. Ich habe meine Sinne geschärft. Ich nehme die kleinsten Veränderungen wahr. Ich spüre besser als jeder andere das Beben der Erde.

Ich höre die Herzen schlagen und die Adern in den Schläfen pochen. Ich ahne die Erschütterungen und die kommenden Einstürze schon im voraus.

Ich klage nicht mehr über meine Machtlosigkeit: Ich habe mich inzwischen damit abgefunden. Aus meiner Unbeweglichkeit wird Ruhe.

Während der Unwetter muß man seine Kaltblütigkeit bewahren. Und, weiß Gott, mein Blut ist kalt.

Schweigend bin ich bei denen, die verletzt werden.

Ich bin der Schatten, der über ihnen schwebt, nicht wie eine Gefahr, sondern wie die Erinnerung an eine Anwesenheit.

Ich wäre gerne die Milde für sie, in diesem Herbst. Im Augenblick empfinden sie jedoch aller Wahrscheinlichkeit nach nur meine Strenge, meine Härte. Aber der Sommer kehrt immer wieder.

Man wird weder an meine Unschuld noch an meine Aufrichtigkeit glauben. Man hat unrecht. Gewiß, ich bin nicht in der Lage, Beweise dafür zu erbringen, aber ich selbst weiß genau, was ich getan habe.

Wenn Anna an einem der nächsten Tage herkommen wird, um frische Blumen auf mein Grab zu bringen, werde ich ihr alles erklären, und sie wird beruhigt nach Hause gehen. Dafür ist die Andacht an den Gräbern da.

Leo wird nicht hier vorbeischauen. Obwohl er Blumen liebt. Er hat gelernt, sie zu lieben. Er war erstaunt, als ich ihm das erste Mal welche schenkte. Er wußte nicht, daß man jungen Männern Blumen schenken kann.

Meine Eltern vergessen mich nicht. Aber sie hören mein Gemurmel nicht. Mein Flüstern dringt nicht bis zu ihren Ohren. Sie hörten schon lange Zeit vorher meine Schreie nicht mehr.

Anna

»Was versuchen Sie eigentlich, aus mir herauszubringen? Hören Sie endlich mit Ihren Fragen auf. Sie sind derart niederträchtig.« Da, endlich steigt die Wut hoch. Schluß mit der gespielten Gelassenheit, der korrekten Haltung, der guten Erziehung. Es muß jetzt einfach heraus, ich lasse meinem Zorn freien Lauf. Bisher ist es mir gelungen, meine Brutalität zu verbergen, aber wir besitzen alle dieselbe Portion davon, oder etwa nicht?

»Entschuldigen Sie, wenn ich Sie verletzt habe, aber ich kann Ihre Erregung nicht verstehen.« Das ist das Unerträglichste, diese Scheinheiligkeit, diese Art, mit mir zu reden wie mit einer Idiotin, diese Herablassung. Ich ziehe die klare, offen gezeigte Bosheit vor, die, zu der man steht. Im Grunde sieht man der Grausamkeit besser ins Auge als dieser gehässigen Harmlosigkeit.

»Ich bin nicht erregt. Ich bin rasend vor Wut. Und vor Kummer.« Das ist etwas anderes, ist er sich dessen bewußt?

»Ich muß meine Arbeit tun. Ich darf keine Hypothese vernachlässigen. Der Tod Luca Salieris ist noch immer nicht aufgeklärt. Nach dem gegenwärtigen Stand der Untersuchung ist der Unfalltod am wahrscheinlichsten. Aber Selbstmord ist nicht auszuschließen. Und Mord ist noch immer möglich.« Alles in allem wäre mir der Selbstmord am liebsten.

»Und was habe ich damit zu tun?« Während ich die Frage stelle, ahne ich bereits die Antwort.

»Wenn Sie Kenntnis von der Untreue Ihres Partners gehabt hätten, wäre es möglich, daß Sie es ihn büßen lassen wollten. Und daß Sie ihn töteten. Das ist schon vorgekommen. Die Eifersucht hat mehr als eine Frau zum Äußersten getrieben.« Der Inspektor kennt die Frauen, zweifellos. Er redet wie gedruckt über sie.

»Wenn Sie von meiner Schuld überzeugt sind oder wenn Sie über den geringsten Beweis verfügen, dann müssen Sie Anklage gegen mich erheben. Wenn nicht, gehe ich am besten nach Hause.« Erschöpfung und Gereiztheit nehmen manchmal dieselbe Form an. Wichtig ist, die Sache jetzt zum Abschluß zu bringen. Es ist offenbar wie beim Pokern: Wenn man denkt, der andere bluffe, muß man ihn überbieten und dann seine Karten auf den Tisch legen. Ich lege meine auf den Tisch. Ja, lassen Sie uns das Spiel beenden.

»Wir sind noch nicht so weit.« Der Inspektor hat nicht mehr zu bieten. Sein Bluff hat nicht funktioniert. Man kann nicht jedesmal gewinnen. Man muß Niederlagen hinnehmen können.

»Nein, der eigentliche Verdächtige ist noch immer Leo Bertina, vorausgesetzt, es war kein Tod durch Unfall. Das Sperma, das sich auf den Schleimhäuten von Luca Salieri fand, stammte von ihm.« Es gibt Genugtuungen, die man sich zweifellos nicht versagen darf, wenn man verloren hat. Den anderen verletzen ist eine davon. Kinder können das sehr gut. Der Inspektor ist ein Kind.

»Verzeihen Sie, ich entnehme Ihrem Gesichtsausdruck, daß Sie nicht auf dem laufenden waren, was diese Geschichte mit dem Sperma betrifft.« Existiert eine Grenze, bis zu der wir fähig sind, die Dinge zu ertragen? Minute um Minute entdecke ich jedenfalls, daß es mir möglich ist, sie weiter hinauszuschieben. Bis zu diesem Moment wußte ich nicht, daß ich zu einer solchen Selbstverleugnung in der Lage bin, daß ich fähig bin, allen Stolz zu vergessen und so viele Leiden auf mich zu nehmen.

Lucas Eltern wurden natürlich über »diese Geschichte mit dem Sperma« informiert. Aber sie haben nichts gesagt.

Ich beginne, ihre Scham zu verstehen.

Ich bin mir sicher, daß ihr Schweigen seine Wurzeln in der Vergangenheit hat.

Am Ende, auf dem Nachhauseweg, und trotz des Durcheinanders in meinem Kopf, bin ich seltsamerweise tief beeindruckt von der unverwüstlichen Schönheit der Stadt Florenz. Das ermutigt mich, daran zu glauben, daß es Dinge gibt, die intakt bleiben.

Leo

»Und wenn du mir jetzt noch sagen könntest, wie dein Abend mit Luca Salieri endete …« Inspektor Tonello läßt nicht locker. Obwohl er wirkt wie ein desillusionierter Bulle, gibt er den Happen und die Beute nicht freiwillig her. Er möchte gerne, daß ich schuldig bin. Man muß bedenken, das wäre ein Fall, mit dem er angeben könnte. Und es würde seinen Ruf stärken, seine Untersuchungen zügig durchzuführen und rasch abzuschließen.

Ich bin versucht, ihm zu erklären, daß man dem Augenschein manchmal mißtrauen muß, daß man schon zu oft gesehen hat, wie eindeutig Schuldige reingewaschen wurden, wie offenkundig Unschuldige die schlimmsten Verbrechen gestanden, wie gewöhnliche Todesfälle sich als fast perfekte Verbrechen entpuppten und verdächtige in Wirklichkeit nichts anderes als banale Unfälle waren.

Aber er versteht es, heikle Punkte aufzuspüren, einen Sinn hinter den Dingen zu suchen, den sie bestimmt nicht haben, Widersprüche aufzuspießen. Man möchte ihm in Erinnerung rufen, daß das Leben selbst voller Widersprüche ist.

»Luca ist gegen zwei Uhr in der Früh aufgebrochen. Er hatte vor, nach Hause zu gehen.« Im selben Augenblick, in dem ich diese Information mit einer Nüchternheit, die an Einfalt grenzt, ausspreche, wird mir klar, daß Tonello ihr natürlich keinen Glauben schenken wird. Die einfachen Dinge sind seiner Meinung nach die unwahrscheinlichsten.

»Nur ist er leider nicht zu Hause angekommen. Und er

ist offensichtlich von einer Brücke gefallen, direkt unterhalb von deinem Hotel. Vollgepumpt mit Schlafmitteln.« Bingo! Man ist immer hocherfreut und überglücklich, wenn man sich nicht irrt. Im Grunde leben die Menschen ohne Überraschungen. Selbst die Polizisten. Sie vor allem?

»Wenn ich eine Untersuchung deines Hotelzimmers anordnen würde, fände ich dort wohl kaum diese Art von Schlafmitteln.«

»Nein, aber aus dem einfachen Grund, weil ich nie welche besessen habe. Und weil ich sie inzwischen hätte verschwinden lassen, Inspektor, das steckt doch hinter Ihrer Frage.«

»Du würdest einen guten Polizisten abgeben.«

»Ich glaube nicht.«

Befreundet man sich mit seinem Henker? Kann man seinem Ankläger Zuneigung entgegenbringen? Empfindet man eine Vertrautheit mit seinem Staatsanwalt?

»Wenn du es warst, der ihn hineingestoßen hat, dann hoffe ich für dich, daß es keine Zeugen gegeben hat. Du würdest schön in der Patsche sitzen.« Gehässigkeit, immerhin. Eine gewisse Abneigung, die er nicht unterdrücken kann. So etwas wie Widerwille in dem Ton, den er anschlägt. Sowohl Feindseligkeit und Groll gegenüber dem, der ihm entkommt, wie Ekel vor dem Prostituierten.

»Wenn er von allein hineingefallen ist, dann hoffe ich für Sie, daß es keine Zeugen gegeben hat. Sie würden etwas lächerlich wirken.« Ein wenig Spott hat noch nie geschadet. Spötter sind Leute, die ihre Tränen zurückhalten.

»Noch eine letzte Frage, Inspektor. Warum hätte ich Luca umbringen sollen?«

»Besitzansprüche. Das Bedürfnis der Ausschließlichkeit. Und wer weiß, ob er nicht gekommen ist, um dir mitzuteilen, daß er beabsichtigt, dich zu verlassen, um wieder ein normales Leben zu führen? Wut und Verrat sind immer gute Motive.«

Ein normales Leben. So viel steht fest: der Inspektor hat nichts begriffen.

Drittes Buch

*Was gibt es Schöneres, als sich
nach begangener Schandtat
am frühen Morgen als Held
auf einer Landstraße wieder-
zufinden, wenn die Karren
vorbeiziehen?*

Cesare Pavese
Das Handwerk des Lebens

Anna

Ich bin bisher nur wegen der Züge auf den Bahnhof gegangen.

Santa Maria Novella war für mich nie etwas anderes als ein Abfahrts- und Ankunftsort, wo man, beladen mit viel zu schwerem Gepäck, eilig dahinhastet. Ein vorübergehender Aufenthaltsort, nur häßlich und nützlich in meinen Augen.

Heute betrete ich ein Theater. Denn ich weiß jetzt, daß sich hier Komödien und Tragödien abspielen. Ich weiß aus leidvoller Erfahrung, daß dieser Ort auch ein Hort falscher Vorspiegelungen ist und daß sich hinter dem äußeren Schein eine andere Welt verbirgt.

Ich habe lange gebraucht, bis ich aufhörte, naiv zu sein. Aber genau daran erkennt man die Naiven: Sie wissen nichts von ihrem Zustand. Und wenn er ihnen schließlich bewußt wird, ist es schon zu spät.

Ich habe offenbar einen ungünstigen Zeitpunkt erwischt. Die Halle ist total überfüllt. Die Zeitungsverkäufer werden von Menschen, die sichtlich in Eile sind, herumgeschubst. Die Restaurants, die einen widerlichen Geruch von triefenden Hamburgern und fetten Pommes frites verbreiten, werden gestürmt. Eine Lautsprecheransage nach der anderen erfolgt, ohne daß man die Mitteilungen versteht. Auf altmodischen Tafeln werden die Verspätungen der Züge vermerkt. Eine mit Gepäck beladene Dame beschwert sich darüber, daß sie nicht rechtzeitig über einen Bahnsteigwechsel informiert wurde. Unerschütterliche Schaffner geben verzweifelten Reisenden Auskunft. Halbwüchsige treiben sich herum und schlagen ihre Zeit tot. Ein junger Mann tritt mir auf die Füße und geht weiter, ohne sich zu entschuldigen. Die Menge schiebt sich mit unbeschreiblichem Getöse im Zickzack weiter. Dieses Durcheinander scheint das Chaos vorwegzunehmen. Wenn heute wenigstens der Aufbruch zu den großen Ferien stattfände! Aber nein, es ist ein ganz gewöhnlicher Abend. Offenbar ist hier jeder Zeitpunkt ein ungünstiger. Man gewöhnt sich zweifellos an solch ein Tohuwabohu. Und diese Anarchie ist ganz und gar italienisch.

Wie soll ich Leo Bertina mitten in diesem Gewühl aufspüren? Wie soll ich ihn ausfindig machen in diesem Gewimmel? Ich kenne nicht einmal sein Gesicht.

Ich nehme an, daß es zweckmäßig ist, abseits, in den abgelegenen Winkeln zu suchen, dort, wo man vor indiskreten Blicken geschützt ist, wo das Gedränge abnimmt, wo sich dieses chaotische Treiben etwas verliert. Ich stelle mir paradoxerweise eine ruhige Stelle vor, wo man sich gefahrlos und ungehindert auf ein kleines Geschäft einlassen kann. Meine Blicke gehen auf Entdeckungsreise durch dieses nur schwer vorstellbare Territorium. Ich durchstöbere meine Umgebung auf der Suche nach einem Scheineldorado.

Aber die Meute ist entschieden zu dicht. Sie stößt mich gegen meinen Willen herum, sie hält mich in ihrer Mitte fest, sie weigert sich, mich an den Ufern auszustoßen, sie ist, wenn ich so sagen darf, ein raffgieriges Meer.

Ich bin versucht, aufzugeben. Aber ich bin nicht bis hierher gekommen, um jetzt aufzugeben. Ich mußte so vieles überwinden, nur um hier zu sein. Es wäre absurd und irrsinnig, jetzt kehrtzumachen. Soviel steht fest: Das Getümmel, das mich umzingelt, wird weder meiner Verzweiflung noch dem bizarren Wunsch, der mich treibt, Einhalt gebieten.

Leo

Ich erkenne sie, die junge Frau von den Photographien. Sie ist hier, mitten in der Menge, im Gedränge, verschwindend klein, verletzlich. Sie trägt einen beigefarbenen Trench. Ein Gürtel schnürt ihre Taille zusammen. Man sieht nur sie, sie, mit ihrem ratlosen Gesichtsausdruck.

Sie ist nicht zufällig hier. Das springt einem ins Auge, das sieht man sofort. Sie ist nicht hier, um einen Zug zu nehmen oder einen Reisenden abzuholen. Sie hat kein Gepäck bei sich, sie wirft nicht einmal einen Blick auf die Fahrpläne. Sie ist meinetwegen gekommen.

Ich habe nie versucht, mir diesen Augenblick vorzustellen, den Augenblick unserer Begegnung. Zuerst deshalb nicht, weil ich lange Zeit der war, der nicht existierte: Unsere Begegnung war daher undenkbar. Dann deshalb nicht, weil ich annahm, sie würde es nicht wagen, mir gegenüberzutreten: ihr Stolz, ihre Verachtung oder ihr Leiden seien zu groß. Ich habe mich geirrt.

Sie ist hier, mit ihrer Unruhe, ihrer Angst und ihrer Wut. Man könnte beinahe Mitleid mit ihr haben. Aber ihre Schönheit bewahrt sie davor. Ihre Geschichte ebenfalls. Man könnte meinen, sie schleppe sie mit sich herum, ihre Geschichte.

Man sieht nur sie, und doch bin ich der einzige, der sie bemerkt. Die Jungs um mich herum sind mit anderen Dingen beschäftigt, sie unterhalten sich, kauen auf ihren Zigarettenstummeln herum, machen Kunden an, langweilen sich. Diese gespielte Lässigkeit ist ein Kennzeichen.

Und außerdem warten sie auf Männer.

Ich bewege mich nicht. Ich bleibe an meinem Pfeiler kleben. Ich habe nicht die Absicht, ihr zu helfen, ihr ein Zeichen zu geben. Sie muß mich selbst entdecken. Ich nehme an, das gehört zum Spiel. Es ist wie ein Ritus, eine Initiation.

Ein Typ kommt auf mich zu, fragt nach meinen Tarifen, und ich verliere Anna Morante aus den Augen. Ich antworte kurz angebunden, ohne mich für den Typ zu interessieren, der sich brummend verzieht. Zu blöd: Die junge Frau von den Photographien ist verschwunden.

Die wogende Menge braucht nicht lange, um sie mir zurückzugeben. Sie ist erneut da. Sie kommt näher. Sie hat erkannt, daß sie hier suchen muß. Daß die Jungs in Jeans und T-Shirt weder Passanten noch Reisende sind. Daß sie ihren Körper wie ein Versprechen anbieten. Daß sie sich an den verkaufen, der für sie bezahlt. Daß sich hinter diesem diskreten Getuschel die Diskussionen über Preise und Abmachungen verbergen. Daß man sich paarweise auf die Bahnhofstoiletten oder in die Hotels der Nachbarschaft begibt. Sie begreift schnell.

Sie nimmt uns nacheinander ins Visier. Sie kann eigentlich nichts über mich, über mein Aussehen oder über mein Alter wissen. Welches Bild hat sie von mir? Glaubt sie, ich besitze die Kraft Francescos, die Jugend Sandros, die grünen Augen Vincentes, die Rätselhaftigkeit Arturos? Oder drängt sich meine Person im Gegenteil wie eine Selbstverständlichkeit auf?

Nein, sie zögert. Sie weiß nicht, wie man sich in einer solchen Situation verhält. Sie zeigt das Ungeschick derer, die nicht Bescheid wissen, die Verlegenheit der Debütanten, die Scham derer, die sich eigentlich nicht hier befinden dürften, und dazu kommt das Paradox, daß sie eine Frau ist.

Welchen Anteil haben Angst, Demütigung, Rachegefühl? Ich bewundere ihre Kühnheit, ihren Gleichmut. Die Selbstverleugnung.

Anna

Ich entschließe mich, einen von ihnen anzusprechen. Ich atme tief durch und frage den erstbesten, dessen Aufmerksamkeit ich auf mich lenken kann, wo ich Leo Bertina finde.

Der junge Mann betrachtet mich wie ein Rätsel. Er legt eine Art Mißtrauen an den Tag. Er ist in Habachtstellung, als sei ich eine Bedrohung. Diese Leute dürfen sich nicht darauf einlassen, mit Unbekannten zu diskutieren, die ihnen keine Bezahlung anbieten.

Als er mit einer Antwort zögert, gebe ich ihm zu verstehen, daß ich nicht von der Polizei bin, daß ich Leo Bertina in keiner Weise schaden will, daß mich eine persönliche Angelegenheit herführt.

Meine Wortwahl ist unglücklich. Man ist natürlich auf der Hut, wenn eine Fremde daherkommt, um eine persönliche Angelegenheit mit einem Prostituierten zu regeln. Diese Ungeschicklichkeit zeigt mich, wie ich bin. Der junge Mann täuscht sich nicht in dem Bild, das er sich von mir macht. Häufig genügt ein Satz, um sich zu verraten.

Er läßt mich einfach wie eine Idiotin stehen, ohne mir zu antworten. Ich leide Höllenqualen. Noch nie bin ich so tief gesunken.

»Ich nehme an, daß Sie nach mir suchen.«

Leo Bertina ist unwahrscheinlich jung. Als erstes fällt mir seine Jugend auf. Er müßte mein Alter haben, das von Luca. Er wirkt kaum wie zwanzig.

Diese Jugendlichkeit ist unerträglich. Dagegen ist nicht anzukommen. Es ist ein Kampf mit ungleichen Waffen. Von vornherein besteht ein Mißverhältnis. Die Worte und Gesten sind einem nicht mehr vertraut. Man hat die Reflexe verloren. Man ist nicht mehr up to date. Plötzlich ist die Distanz zu groß, unüberwindlich. Man hat das Gefühl, alt, überholt, ausgebrannt zu sein.

Diese Jugendlichkeit könnte einen an ein Strohfeuer, eine flüchtige Liebesaffäre glauben lassen. Aber bei genauer Betrachtung sieht man, daß diese Jugendlichkeit nicht nichtssagend ist, sondern daß sie, ganz im Gegenteil, plastisch hervortritt. Man sieht alles, was Aufmerksamkeit auf sich lenken, verführen, fesseln kann. Man sieht ihre Einzigartigkeit, ihre Kraft.

Man sieht all das, was man selbst nicht hat. Das, was man verloren hat. Und das, was man nie besessen hat.

»Wie haben Sie mich erkannt?«

»Luca hat mir Photos von Ihnen gezeigt.«

Sein Vorname in seinem Mund, in vertrautem Ton ausgesprochen, ist wie eine Beleidigung. Ihre Intimität liegt in diesem Vornamen. Die ganze Reichweite ihrer Intimität. Alles, was sie gemeinsam erlebten und von dem ich ausgeschlossen war. Alles, was sie zusammen machten und bei dem ich nicht dabei war. Sein Vorname in seinem Mund ist wie eine brutale Ausgrenzung.

Und dann auch noch diese Entdeckung, die ich verkraften muß. Leo Bertina kannte mein Gesicht, Luca hat ihm Photos von mir gezeigt, er weiß, wer ich bin, während ich bis vor wenigen Tagen nicht einmal wußte, daß er existiert. Ein weiteres Mißverhältnis. Ein Unterschied in der Behandlung. Leo Bertina hatte das Recht, zu wissen, mir blieb das, mich lächerlich zu machen.

Auf welche kommenden Katastrophen weist das hin?

Leo

Sie ist hübscher als auf den Fotos. Die Verkörperung bekommt ihr gut. Das Fleisch und Blut, die Röte der Wangen, die Beweglichkeit des ganzen Körpers, die Schlankheit der Handgelenke, die Feuchtigkeit der Augen, der Wohlgeruch des Parfums, all das macht ihre Schönheit unanfechtbar.

Sie ist auch nervöser. Die Haut zittert, die Augenlider sind ruhelos, die Gesten sind nicht alle kontrolliert, die Stimme ist nicht sicher. Sie ist erschreckend menschlich. Sie hat ihre Gelassenheit verloren. Diese ruhige Selbstsicherheit.

»Ich weiß nichts von Ihnen. Ich bin zufällig auf Ihren Namen gestoßen. Danach hat sich alles von allein ergeben, ich brauchte nichts, oder fast nichts, zu tun. Ich hätte wahrscheinlich nichts mehr aufhalten können, selbst wenn ich es gewollt hätte. Aber ich weiß gar nicht, warum ich Ihnen das erzähle.«

Bestürzung und Verwirrung. Diese beiden Worte fallen mir spontan ein. Sie sind die Signale ihres Unglücks.

Die Jungs um uns herum beobachten uns, ohne wirklich zu erraten, was hier gerade passiert. Sie zeigen keinerlei krankhafte Neugier, nicht einmal Interesse oder ein gewisses Mitgefühl. Für sie ist dies lediglich ein merkwürdiges Schauspiel, eine vorübergehende Störung und eine Ablenkung wie jede andere an einem Tag, der sich einmal mehr durch Langeweile auszeichnet. Sie führen einen langsamen und harmlosen Ballettanz auf dieser Bühne auf.

»Üben all diese Leute denselben Beruf aus wie Sie?«

Ich führe Anna etwas zur Seite, weg von unserer Truppe. Dazu fasse ich sie am Arm. Es ist unser erster Körperkontakt, und ihr erster Reflex ist, sich zu sträuben, diesen Kontakt abzuwehren, ihren Arm zurückzuziehen. Merkwürdigerweise sehe ich darin eher einen standesbedingten Reflex als die Demonstration von Antipathie. Ich glaube nicht, daß Anna Morante mich haßt. Ich gehöre nur nicht zu ihrer Welt.

»Ja, das ist ein Beruf wie jeder andere, ungefähr, verstehen Sie. Diese Leute, wie Sie sie nennen, unterscheiden sich nicht von Ihnen.«

Ich möchte sie mit ihrer Verachtung konfrontieren, mit ihrem Kastenhaß, möchte sie daran erinnern, daß sie mit ihren schönen Kleidern, ihren ordentlich nach hinten gekämmten Haaren und ihren untadeligen Fingernägeln nicht besser ist als ich mit meinem offenen Hemd, meinen wirren Haaren und meinem Schweißgeruch.

»Entschuldigung, es lag nicht in meiner Absicht, Sie zu beleidigen. Ich wollte mich nur informieren, das ist alles.«

Und das stimmt sicher. Aber das ändert nichts. Wir sind keine Versuchskaninchen, keine Studienobjekte. Wir sind auch nicht undifferenziert. Ich mag es nicht, wenn man uns alle in einen Topf schmeißt, wie einen Wurf junger Katzen, die in den Fluß gekippt werden.

»Jetzt sind Sie informiert. Kann ich sonst noch etwas für Sie tun?«

Anna

Diese Schroffheit, diese Härte, diese Art, sich nicht zur Rechenschaft ziehen zu lassen, auch das ist unerträglich. Für wen hält er sich eigentlich? Ich gehe auf ihn zu, ich wage diesen Vorstoß, der mich mehr kostet, als ich mit einfachen Worten ausdrücken kann, und er empfängt mich mit einer Verachtung und Arroganz, die man am liebsten mit einer Ohrfeige quittieren würde.

Ich verlange nichts von ihm, außer daß er mir die Aufgabe nicht noch schwerer macht. Ich erhoffe mir weder Freundlichkeit noch Entgegenkommen, aber wir könnten auf unsere Weise Leidensgenossen sein. Immerhin haben wir alle beide das verloren, was zählte. Und zufällig ist es ein- und dieselbe Person.

Was hat Luca an ihm gefunden?

Was hat ihn verführt? Ist es die Sinnlichkeit, die er ausstrahlt, die er wie eine Trophäe zur Schau stellt? Das Wiegen der Hüften, das den Schwulen verrät? Sind es diese lächerlichen Muskeln, die uns animieren sollen? Die geschäftstüchtigen Blicke? Die Luft, die um ihn vibriert? Das prahlerische Auftreten?

Wieweit zieht uns die Gefahr an? Oder gehen wir einfach auf das zu, was uns besonders fremd ist?

»In Wirklichkeit wollte ich Sie nur treffen, ich wollte wissen, wie Sie aussehen. Das muß Ihnen merkwürdig vorkommen. Wahrscheinlich sogar krankhaft.«

Die Wahrheit sagen, dieses vielleicht perverse Bedürfnis, diesen masochistischen Zwang eingestehen. Denn im Grunde habe ich diesen ganzen Weg nur zurückgelegt, um seinen Kopf zu sehen, um mir weh zu tun und um nicht unwissend zu sterben. Im gegenwärtigen Stadium bin ich nicht sicher, ob mir Unwissenheit wirklich erspart bleiben wird.

Ich muß diesen selbstquälerischen Wunsch, dieses würdelose Verlangen analysieren. Warum will man unbedingt die Bekanntschaft seines ärgsten Feindes machen? Warum den lebenden Beweis dafür, daß man verraten worden ist, vor Augen haben? Warum der Lüge ein Gesicht, dem Vergehen einen Körper geben?

Ich muß wissen, woher der Wunsch stammt, mir Leiden aufzuerlegen, woher der Entschluß, mich selbst zu quälen und zu martern. Würden Mediziner, wenn sie meinen Fall untersuchten, Irrsinn diagnostizieren und mir zur Unterbringung in einer Nervenheilanstalt raten?

Ich nehme an, daß bei mir, wie immer, das Wissenwollen schwerer wiegt als jede andere Erwägung. Die Unwissenheit, das Geheimnis, das ist entschieden nichts für mich. Ich könnte nicht ertragen, weiterzuleben, wenn ich nicht wüßte, daß ich alle nur möglichen Schritte unternommen habe, um den aufzuspüren, dem ich mein Unglück verdanke.

Dennoch, es ist ungerecht, Leo Bertina diese Rolle zuzuweisen. Der, dem ich mein Unglück verdanke, ist Luca. Aber das kann man unmöglich in Worte fassen.

Leo

Ja, doch, das erscheint mir krankhaft.

Eine idiotische Idee, wirklich! Man muß komisch gebaut sein, um einen solchen Schritt zu tun! Man muß schon eine verdammte Portion an Demütigung einstecken können. Und man muß sehr verzweifelt sein. Was Anna Morante vollbringt, ist eine selbstzerstörerische Geste.

Und es führt zu nichts. Es ist von Anfang an zum Scheitern verurteilt. Es kann nichts Gutes dabei herauskommen. Man kehrt danach zwangsläufig voll Bitterkeit und Groll nach Hause zurück, und man ist noch etwas ratloser. Leute, die in ihr Verderben rennen, haben etwas Faszinierendes. Aber sie bieten ein Schauspiel, auf das ich gerne verzichtet hätte.

»Und was haben Sie nun entdeckt, wie sehe ich aus, was wollen Sie tun?«

Ich möchte nicht grob zu ihr sein, aber die Worte kommen ganz von allein; und mit ihnen die Brutalität. Es wäre mir lieber, Anna müßte nicht leiden. Ich habe schließlich nichts gegen sie. Aber diese leblose Anwesenheit, dieses untätige Herumstehen, diese Armseligkeit trotz der äußeren Erscheinung werden allmählich peinlich. Das Beste ist noch immer, sie zu reizen. Außerdem habe ich es noch nie besonders gut verstanden, mit Frauen umzugehen.

»Sie haben recht, natürlich. Das alles ist etwas schäbig, etwas pathetisch.«

Man behauptet, das erste Eingeständnis sei das schwierigste. Aber sie fährt fort, sie reiht eins an das andere. Diese Selbstkasteiung ist schrecklich. Sie erinnert mich daran, was die Pfarrer uns im Katechismusunterricht erzählten. Mein Vater hatte mich davor gewarnt. Es waren immer fürchterliche Geschichten mit Dornenkronen, tränenerstickten Heiligen, Hoffnung auf Sündenvergebung. Am Schluß hatte ich jedesmal Lust zu weinen.

»Kann ich etwas für Sie tun?«

Das ist mir entschlüpft, ohne daß ich darüber nachdachte. Am Ende hat der Unterricht doch noch etwas genützt, lieber Papa.

Sie betrachtet mich und weiß nicht, was sie sagen soll. Und auch ich weiß nicht, was sie sagen wird. Sie könnte mir ebensogut ins Gesicht spucken wie sich mir in die Arme fallen lassen. Die Spannung zwischen uns ist mit Händen zu greifen, sie beruht auf Enttäuschung und Leid. Es ist zu spüren, daß Anna Morante zu jedem Verzicht, zu jeder Art von Kapitulation bereit ist. Daß sie irgendwo am Ende, an einer äußersten Grenze angelangt ist. Daß sie ihr Gepäck abstellen muß, daß sie nicht weitergehen wird.

Ihre Augen füllen sich langsam mit Tränen. Ihre Unterlippe beginnt zu zittern. Die zusammengepreßten Kiefer zeigen ihre Anspannung. Und dann fließen Tränen über ihre Wangen, langsam, in aller Stille. Im Bahnhof, im tosenden Lärm des Bahnhofs. Die Leute strömen an uns vorbei, ohne uns zu sehen, ohne uns zu beachten. In einigem Abstand schauen die Jungs in die Gegend und kümmern sich nicht um uns. Sie steht gebeugt vor mir, meine Arme hängen am Körper herunter, wir berühren uns nicht. Sie weint.

Anna

Es ist zu ärgerlich. Ich hatte mir geschworen, daß das nicht passiert. Wie alt war ich, als ich das letzte Mal weinte? Zehn Jahre vielleicht? Ich gehöre nicht zu dieser Sorte von Mädchen. Ich bin nicht besonders stolz darauf. Es ist einfach so, das ist alles. Es gibt Mädchen, die weinen und andere, die weinen nicht. Ich gehöre zu letzteren.

Er sagt nichts. Er steht weiter so da und sagt nichts. Aber es ist mir lieber so. Sein Mitleid, das wäre der Gipfel. Eine Umarmung wäre fehl am Platz. Deshalb kann man ihm nicht viel vorwerfen. Es wäre sicher einfacher, wenn er sich wie ein Flegel benähme, wenn er herumfluchte. Letzten Endes bin ich ihm fast dankbar für seine Zurückhaltung.

»Sehr nett, aber nein, danke. Ich sehe ein, daß ich vielleicht nicht hätte kommen sollen. Aber Sie verstehen es, nicht wahr?«

Ich nehme tatsächlich an, daß er es versteht. In einem »normalen Leben« wären wir uns nie begegnet, er und ich. Aber da der Zufall, wenn wir Luca so nennen wollen, uns auf denselben Weg geführt hat, muß man voraussetzen, daß wir uns verstehen können. Ich habe nicht gesagt »einander begreifen«. Wir wissen beide, über was und über wen wir reden. Gewiß, es bleibt eine unüberbrückbare Kluft zwischen uns, und dunkle Schatten trennen uns. Aber unsere Verwirrung ist die gleiche. Und unsere vergangenen Glückserfahrungen hatten, auch wenn sie sicher nicht von derselben Art waren, zweifellos dieselbe Intensität. Diese Nähe, die wir empfinden, jeder auf seine Weise, ist die von Unfallopfern, die man in der Notaufnahme einer Klinik warten läßt.

»Ja, ein wenig. Nur, das alles bringt mich durcheinander. Sie. Hier. Ich. Das ist komisch, oder?«

In seinem halben Gestammel entdecke ich auf einmal alles, was Luca zu verführen vermochte. In diesen wenigen Worten, in diesem Zögern, in dieser plötzlichen Verwirrung, erkenne ich das, was Luca gefallen hat. Ich bin nicht gerührt, denn so eine Gemütsbewegung ist ganz einfach unvorstellbar, aber ich sehe jetzt klar. Es ist wie eine Antwort. Die Tränen sind versiegt.

Wir stehen uns gegenüber. Wir sind noch in der Notaufnahme. Man atmet noch immer den ekelhaften Gestank von billigem Hackfleisch ein. Ältere Herren in dunklen Anzügen umkreisen weiterhin ehemalige Halbwüchsige, die sich in Samariter des schnellen Sex verwandelt haben. Unser Planet dreht sich weiter. Aber meine eigene Uhr steht im Moment still. Es wird etwas Zeit brauchen, bis die Zeiger ihren sinnlosen Lauf wieder aufnehmen.

»Ich will Sie nicht länger aufhalten. Sie haben sicher etwas zu tun.«

In Wirklichkeit haben wir alle besseres zu tun. Und als erstes müssen wir versuchen, in die große Photographie der Welt zurückzukehren, unseren Platz in der Menge wieder einzunehmen, wieder zu lernen, mit ihr Schritt zu halten.

»Ich möchte Sie trotzdem gern noch etwas fragen, ehe ich gehe. Sie brauchen selbstverständlich nicht zu antworten. Haben Sie wirklich einen Mann erpreßt?«

Leo

Ich bin noch einmal gut davongekommen, ich brauche nicht zu antworten!

Es ist schon erstaunlich, diese Leute, die alles wissen wollen, die es nicht lassen können, uns auszufragen, diese Leute, die all ihre guten Manieren über Bord werfen, nur um nicht mit ihrem verhängnisvollen Schicksal allein zu sein. Man ist da, man ist bereit, sich rühren zu lassen, und schon fangen sie an, in unseren Angelegenheiten herumzustochern und unser Privatleben auseinanderzunehmen.

Ich nehme an, daß Tonello geredet hat, daß er mich in die Pfanne gehauen hat, daß er ihr diese zwei Jahre zurückliegende Geschichte erzählt hat, daß er ihr Angst eingejagt hat, daß er ihr gerade genug gesagt hat, damit sie sich das Schlimmste ausmalen kann. Ich sehe ihn vor mir, unseren Schnüffler, wie er sein Gift langsam austräufelt. Und sie läßt sich keinen Tropfen entgehen. Sie willigt in diese Folter ein.

Ich errate ohne Schwierigkeiten die Schauergeschichten, die sie sich ausgemalt haben muß. Alles ziemlich schäbige, ziemlich schmutzige Sachen. Und schlagartig wird mir bewußt, daß sie mich von Anfang an für einen verbrecherischen, widerlichen Menschen gehalten hat, daß sie mir die schlimmsten Schandtaten zutraut. Wenn das so ist, dann hat sie nicht einen Augenblick lang eine Art von Nähe empfunden. Es war nicht Mut, was sie gezeigt hat, sondern Haß und Ekel. Sie ist gekommen, um den Kopf eines Schuldigen, eines Bösewichts zu sehen.

Es wäre einfach, ihr ihre Verachtung und ihren Ekel zurückzugeben. Manchmal sollte man sich nicht weigern, den leichten Weg zu gehen. Aber ich bin zu blöd dazu. Ich glaube auch weiterhin, daß Schmerz befreiend wirkt. Ich habe nicht alles aus meiner kommunistischen Kindheit vergessen, auch nicht die Lehren der Pfarrer!

»Ich habe es ihm nur mit gleicher Münze heimgezahlt.«

Mit dieser rätselhaften Formulierung muß sie sich begnügen. Schließlich bin ich nicht hier, um mein Leben auszubreiten oder meine Vergangenheit zu rechtfertigen. Ich bin keine Rechenschaft schuldig. Rechenschaft habe ich schon abgelegt.

Und außerdem, was würde sie von einer jämmerlichen gewalttätigen Auseinandersetzung verstehen? Was weiß sie von Männern, die einen manchmal zwingen, das zu tun, wozu man keine Lust hat? Was weiß sie von Körpern, die sich sträuben, von Händen, die in der Luft um sich schlagen und Halt suchen, von Fäusten, die sich ballen, um Schläge auszuteilen, von Beinen, die sich heben? Was weiß sie vom Kampf und von der Vernichtung? Sie war nicht dabei und hörte meine Schreie nicht und später mein Keuchen, die Seufzer der Wut und der Erschöpfung.

Es gibt Racheakte, die man sich nicht verbieten soll. Es gibt Männer, die man aus gutem Grund leiden lassen will. Diese muß man an ihrem Ehrgefühl packen, an ihrer vermeintlichen Achtbarkeit. Es kommt nicht in Frage, sie auf ihrem falschen guten Gewissen ausruhen zu lassen. Ich habe getan, was ich tun mußte.

»Diese Geschichte hat nichts mit dem zu tun, was Sie heute beschäftigt, falls Sie das beruhigen kann.«

Ich sage »beruhigen«, aber im Grunde müßte sie verdammt beunruhigt sein. Für sie wäre es besser, wenn zwischen Luca und mir Gewalt im Spiel gewesen wäre, oder wenn es sich nur um ein kleines Geschäft oder bloß um Sex gehandelt hätte.

Wenn ich ihr etwas von Verlangen und Notwendigkeit erzählen würde, wäre sie vernichtet.

Wenn ich ihr etwas von Liebe erzählen würde, wäre sie zerstört.

Anna

Ich höre das Wort »beruhigen«, und es trifft mich wie eine Ungehörigkeit, wie eine Beleidigung.

Ermißt er aus der Höhe seiner zwanzig Jahre, was es bedeutet, daß ich mir all diese Torturen auferlege, daß ich mich all diesen Hypothesen aussetze? Weiß er, daß mein Weg ein Martyrium ist? Daß ich alles in Frage stellen muß, auf das ich meine Existenz aufgebaut habe? Daß sich all meine Sicherheiten in Nichts aufgelöst haben und daß mir nur noch Auseinandersetzungen, Vermutungen und Abscheu bleiben?

Wie soll man hoffen, beruhigt zu werden, wenn man überall nur auf Verstellung, vielleicht sogar auf Verrat stößt? Wie ruhig sein, wenn man die Zweideutigkeit, die Doppelbödigkeit, die Unverständlichkeit als Erbe hinterlassen bekommt? Wie nicht zittern, wenn alles ungewiß, unklar, schwankend, zweifelhaft erscheint?

Wie an die Gegenwart glauben, wenn man sich nicht einmal seiner Erinnerungen sicher ist?

Wer sagt mir, daß Luca nicht daran dachte, mich zu verlassen? Daß sogar sein Tod vielleicht eine Art und Weise war, dieser gigantischen Verstellung zu entkommen?

Wer ist in der Lage, mir glaubhaft zu versichern, daß ich keine weiteren entsetzlichen Enthüllungen, keine beleidigenden Gerüchte, keine beschämenden Spekulationen zu befürchten brauche?

Nein, Leo Bertina beruhigt mich nicht.

»Ich habe es mir gedacht, aber ich ziehe vor, sicher zu sein.«

Ich zögere die Antwort hinaus. Ich antworte mit einer Lüge. Ich weiß, daß diese Lüge durchschaubar ist, daß es unmöglich ist, sie nicht zu erkennen. Mein Gesprächspartner tut so, als bemerke er nichts. Immerhin sind seine Anstrengungen ebenso offensichtlich wie meine Unaufrichtigkeit. Unsere Unvereinbarkeit liegt auf der Hand, aber sie neutralisiert uns.

Einzig zu dem Zweck, nicht hier vor ihm zusammenzubrechen, zwinge ich mich abrupt, an Luca zu denken, aber an einen Luca ohne Flecken, einen lauteren, idealen Luca. Ich will mich nur an den jungen Mann erinnern, der mich anlächelte, der mir keine Blumen schenkte, der in meinen Armen einschlief, an den, der mir unermüdlich von den Siegen der Fiorentina berichtete, auch an den, der meine Hand ergriff und mich zu nutzlosen Spaziergängen in die Boboligärten entführte.

Ich sehe sein Gesicht, ich sehe es ganz deutlich vor mir. Plötzlich verdunkelt ein Schatten sein Gesicht. Als wieder Licht darauf fällt, sehe ich nur noch eine grünlich eiternde Wunde, geschlossene Augenlider, feuchte, an seinen Wangen klebende Haare.

Ich denke, daß das Rätsel seines Todes mich vom Geheimnis seines Lebens ablenkt.

Als ich mich dann endgültig von Leo Bertina verabschieden will, kann ich mir nicht versagen, ihm, ohne vorher wirklich darüber nachgedacht zu haben, eine letzte Frage zu stellen, die wahrscheinlich noch unsinniger ist als die vorhergehende: »Und Sie, halten Sie es für möglich, daß Luca sich umbringen wollte?«

Leo

Aus der Art, wie sie ihre Frage formuliert, wie sie das »Sie« wiederholt, entnehme ich, daß sie die Selbstmordthese ausschließt. Sie kennt Luca durch und durch. Sie begreift selbstverständlich, daß wenig für diese Spur spricht, daß sie sogar ganz und gar wahnwitzig ist, daß er bestimmt nicht im Sinn hatte, Selbstmord zu begehen. Indem sie die Frage trotzdem stellt, versucht sie, zwei Fliegen mit einer Klappe zu schlagen: Sie unterstreicht ihre Vertrautheit mit dem Verschwundenen und sie erforscht, wie eng die meine war. Ich bin ihr deshalb nicht böse. An ihrer Stelle hätte ich es genauso gemacht.

Eine andere Möglichkeit: Weil ihre Überzeugungen ins Wanken geraten sind, hat sie ein entsetzlicher Zweifel gepackt; weil sie sämtliche Orientierungspunkte verloren hat, sucht sie nach ihrem Weg. Indem sie auf dem »Sie« besteht, sucht sie alle Hypothesen auszuloten. Vielleicht ist es auch ihre Art zu vermeiden, daß sie ein weiteres Mal hereingelegt wird.

Wenn sie an diesem Punkt angelangt ist, bedeutet das, daß sie im Leiden weiter fortgeschritten ist als ich. Denn zweifeln, das heißt, auf das Unglück Lucas setzen. Das heißt, damit zu rechnen, daß er nicht glücklich war. Daß er *mit uns beiden* nicht glücklich war.

Das heißt, vorauszusetzen, daß er sich in eine Art Schuldgefühl oder in Gewissensbisse verstrickt hatte, daß er eine Verpflichtung fühlte, die Verstellung aufzugeben, daß er sich dafür entschied, nicht mehr auf seinen parallel verlaufenden Straßen weiterzugehen.

»Natürlich nicht. Mir geht es wie Ihnen: Ich glaube nicht daran.«

Ich möchte ihr sagen, daß wir dieselbe Trauer tragen, aber jeder auf seine Weise. Ich möchte sie in die Wirklichkeit zurückholen, ihre Wahnvorstellungen vertreiben. Ich weiß nicht, warum ich das mache, warum ich sie schone. Letzten Endes bedeuten wir uns nichts. Es kommt sicher daher, daß derselbe Schatten über uns beiden schwebt, und wir kennen seine Identität.

»Und außerdem, wenn er Selbstmord begangen hätte, würde er doch einen Brief, irgendeine Spur hinterlassen haben, meinen Sie nicht?«

Das Detail finden, das richtig klingt, das Argument, das überzeugt, die Methode, die Erfolg verspricht. Wie der Durchschnittsbürger an den gesunden Menschenverstand appellieren. Den Ton tiefer Überzeugung und geheimen Einverständnisses anschlagen.

Und wieder weiche ich aus. Denn ich schulde Anna Morante nichts. Ich möchte nicht, daß mein Mitgefühl den Eindruck erweckt, es solle einen Fehler entschuldigen. Ich habe keinen Fehler begangen. Ich bin unschuldig an dem, was man mir vorwirft.

»Wie Sie wissen, habe ich die leidvolle Erfahrung gemacht, daß Luca imstande war, keine Spuren zu hinterlassen, und daß er lieber schwieg.«

Unwiderlegbar. Unschlagbar.

Es gibt manchmal Sätze, die einem die Worte rauben, die einen umwerfen. Und die einen jene bedauern lassen, die man selbst kurz zuvor gesagt hat.

Es gibt Sätze, die ruhig und ohne die Stimme zu erheben ausgesprochen werden, und die wie ein Donnerschlag dröhnen.

Es gibt Sätze, die, obwohl es gar nicht den Anschein hat, eine grenzenlose Trauer und eine zu lange zurückgehaltene Wut ausdrücken.

Es gibt Sätze, die in der Luft hängenbleiben und die Menge rundherum lähmen.

Im erstarrten Bahnhof Santa Maria Novella blicke ich Anna Morante an.

Anna

Nein, ich bedaure nicht, was ich gesagt habe.

Er wird mich für nachtragend halten. Vielleicht hat er damit gar nicht so unrecht.

Ich schlage den Kragen meines Regenmantels hoch. Ich schütze meinen Nacken vor den Böen, die sich regelmäßig in dieser allen Winden offenstehenden Halle verfangen. Ich ziehe meinen Gürtel enger um die Taille. Ich bereite meinen Abschied vor.

»Diesmal gehe ich wirklich. Ich überlasse Sie Ihrem Tun.«

Meine Worte sind nicht boshaft gemeint. Ich will ihn nicht verletzen. Bei einem bestimmten Grad der Erschöpfung verliert man das Gespür für die richtige Antwort. Und es sollten einem keine bösen Absichten unterstellt werden. Trotzdem ahne ich, daß meine Bemerkung falsch verstanden werden kann. Ich sehe an seinem finsteren Blick, an seinem plötzlich verschlossenen Gesichtsausdruck, am Verschwinden des Leuchtens, daß dies der Fall ist.

»Was ich zu tun habe, ist, zu meinen Kameraden zurückzukehren. Das ist meine Welt.«

Ich weiß nichts von dieser Welt. Nur, daß Luca in ihr seinen Platz gefunden hatte. Und Leo Bertina, er weiß es: daß ich nichts weiß. Er weiß, was mir unzugänglich ist. Er hat die

Schlüssel zu einem Geheimnis, das für mich für alle Zeiten unlösbar bleiben wird.

Ich sehe Leo zu den jungen Männern zurückgehen. Einer von ihnen hält ihm eine Zigarette hin, steckt selbst eine in den Mund und zündet beide an. Er macht diese gewisse Bewegung, die sie augenblicklich einander näherbringt und die mich endgültig ausschließt. Ich sehe ihre rüde Vertraulichkeit. Ich meine, Lucas Gesicht und seine runden Schultern bei dem, der ihm die Zigarette angeboten hat, wiederzuerkennen.

Da wird mir schlagartig klar, daß sein Rätsel, Lucas Rätsel, nicht erst aufgetaucht ist, als ich den Namen eines Unbekannten auf dem Titelblatt eines Buches las, das in seinem Regal stand. In einer Zehntelsekunde begreife ich, daß es schon vor langer Zeit auftauchte, daß es sich nach und nach eingeschlichen und eingenistet hat, daß es sich zwischen uns ausgebreitet hat, wie eine bösartige Krankheit, wie ein Tumor von furchterregenden Ausmaßen. Im Grunde habe ich zugelassen, daß es sich zwischen uns schob, weil ich mich weigerte, es zu sehen, es beim Namen zu nennen. Es war eines Tages da, aber ich habe weggeschaut. Und heute ist es das Rätsel, das mich anblickt. Es verkörpert sich in einem jungen Prostituierten. Ja, in einer Zehntelsekunde bricht alles hervor, was ich vergraben habe. Diese glühende Asche entzündet in mir schlecht erstickte Brände.

Leo dreht sich ein letztes Mal nach mir um, ehe die Menge mich verschlingt. In seinem Blick liegen weder Mitleid noch Verachtung. Er hat die Ruhe, die Reisende überkommt, wenn das Schiff, das sie mitnimmt, vom Ufer ablegt.

Als ich den Bahnhof durch den Seitenausgang verlasse, sehe ich, wie sich ein Mann, dessen Alter schwer zu bestimmen ist, in einen Pornofilm stiehlt. Ich denke, daß er wahrscheinlich eine Frau und Kinder hat. Wenn er heute abend zu ihnen nach Hause kommt, wird er kein Wort über seine Eskapade verlieren. Ich denke, daß jedermann seine kleinen Geheimnisse hat.

Viertes Buch

Was man insgeheim am meisten
fürchtet, tritt immer ein.

Cesare Pavese
Das Handwerk des Lebens

Leo

Um mich herum bilden die Männer einen Kreis. Sie gehen langsam, mit lauerndem Blick. Sie wägen ab, sie spekulieren, sie handeln bereits. Ich mache nichts. Ich lasse sie ihre Runden drehen. Ich warte, bis einer von ihnen sich entschließt, zu mir zu kommen, um mich nach meinem Preis zu fragen. Ich bin erschwinglich. Das Schauspiel auf dem Bahnhof bleibt sich immer gleich. Hier befinde ich mich auf vertrautem Terrain, und nichts kann mich überraschen.

Ich habe meine Gewohnheiten nicht »wiederaufgenommen«, da ich sie nie aufgegeben habe. Aber ich habe meinen Platz wieder eingenommen. Er hat auf mich gewartet.

Vorhin ist der junge Polizist vorbeigekommen. Er hat mir mitgeteilt, daß Tonello sich entschlossen habe, die Sache ad acta zu legen, weil er nicht über Einzelheiten verfüge, die ihm erlaubten, den Beweis für einen Selbstmord oder einen Mord zu erbringen. Ich war nicht einmal erleichtert über diese Nachricht. Ich glaube, das hat alles keine Bedeutung. Aber Tonello muß gewaltig enttäuscht sein.

Der Tod Lucas ist also ein Zufall. Schließlich ist unser aller Leben nichts anderes.

Der junge Polizist wollte gern einen Augenblick mit mir verbringen: das sah man aus dem beinahe flehenden Ausdruck seiner Augen, an seinen unruhigen Gesten, an dem abgehackten Rhythmus seiner Sätze, an seiner Schroffheit, die nichts anderes als Ungeschicklichkeit war, an seiner vorgetäuschten Sicherheit, an dem armseligen Vorwand, den er gefunden hat, um hierherzukommen und mit mir zu sprechen und auch daran, wie schwer ihm der Rückzug fiel. Aber ich habe mich nicht imstande gefühlt, auf seine stumme Bitte zu antworten. Man darf keinerlei Zärtlichkeit empfinden, wenn man einen Kunden abschleppt.

Als ich danach in mein Hotel zurückgekommen bin, habe ich blödsinnigerweise gehofft, Luca in meinem Zimmer vorzufinden. Das ist mir zum ersten Mal passiert. Ich habe mich daran erinnert, daß er an manchen Abenden da war, wenn ich nach Hause kam, und daß wir uns schweigend umarmten. Ich habe mich erinnert, daß wir uns nie sagten, was wir füreinander empfanden, weil wir wußten, daß dies eine für immer feststehende, unbestreitbare Wahrheit war.

Ich habe mich an die Langsamkeit erinnert, ja, an die langsamen Gesten und an die folgenden Momente der Hingabe.

Jetzt beobachte ich die flackernde Neonreklame des Hotels Solferino. Die Nacht ist eisig. Dieser Herbst gleicht dem Winter. Die Laken sind kalt.

Unten tost der Arno und transportiert Leichen flußabwärts. Er nimmt die schönen Jahre mit sich. Bringt er manchmal auch welche wieder?

Ich weiß, daß der Schlaf heute einmal mehr auf sich warten lassen wird, aber ich werde mit dem Gesicht Lucas einschlafen. Und morgen früh werde ich wieder mit ihm erwachen.

Anna

Ich stoße die Läden des Hauses von San Donato weit auf, die ich letzten Sommer geschlossen hatte. Die Fenster lassen die Olivenfelder und die gelben Böden herein. Die Toscana verändert sich nicht. Ihre Landschaften sind für die Ewigkeit gemeißelt.

Die Dorfbewohner, die *die* Neuigkeit erfahren haben, machen den Eindruck, als wollten sie mein Unglück besichtigen. Einige schenken mir die Aufmerksamkeit, die man gewöhnlich Behinderten gegenüber an den Tag legt. Die äußere Erscheinung meines Kummers genügt, die anderen davon abzuhalten, mir zu helfen. Man merkt mir meine Verzweiflung so sehr an, daß dies womöglich die Gutwilligen entmutigt und sogar abschreckt. Ich beobachte Passanten, die versuchen, auf mich zuzugehen, und die dann zurückweichen und darauf verzichten.

In der Einsamkeit des Hauses drücke ich mich an die Mauersteine. Ich krümme mich in der Kälte.

Ich verliere mein Gesicht. Der Glanz der Augen verfließt. Die Gesichtszüge fallen ein. Die Lippen verlieren ihre Konturen. Der Teint wird durchscheinend. Im Spiegel sehe ich das Weiß eines Leichnams.

Was mich am Leben hält, sind die Fragen, die Fragen, die ich mir unermüdlich wiederhole. Wenn mich Luca wegen Leo belogen hat, warum sollte er mich nicht auch sonst belogen haben? Und wenn alles geheuchelt war? Wenn nichts ernstgemeint war? Und wenn unsere gemeinsame Existenz nichts als eine elende Maskerade war? Nur ein Schauspiel, in dem ich eine Rolle besetzte? Ich bin zum Narren gehalten worden, warum sollte ich nicht auch manipuliert, warum nicht ausgenutzt worden sein?

Und seine Art und Weise, nicht auf mein »ich liebe dich« einzugehen, die Weigerung, sich festzulegen, gemeinsam unter einem Dach zu wohnen, und das Telefon, das an manchen Abenden klingelte, ohne daß sich jemand meldete, waren das alles Zeichen, daß sich die Hauptsache für ihn anderswo abspielte?

Kaum habe ich die Fragen ausgesprochen, nehme ich es mir natürlich übel, als hätte ich damit sein Andenken verunglimpft und das, was er war, anzutasten versucht. Ich werde offensichtlich nicht damit fertig. Man hat mir eine Gleichung untergeschoben, die nicht zu lösen ist.

Ich bin um alles gebracht. Ja, das bin ich, nichts anderes. Ich befinde mich in der Armut dessen, der nichts mehr hat, der nichts mehr weiß, dessen letzte Sicherheiten verlorengegangen sind. Ich finde keine Antworten, ich bin nicht einmal davon überzeugt, daß ich die richtigen Fragen stelle. Ich bin entblößter als entblößt. Kann diese Konfusion zu etwas anderem führen als zum Irrsinn?

Es reicht nicht, alles gehabt und alles verloren zu haben. Ich mußte auch noch erfahren, daß alles, was ich zu haben glaubte, möglicherweise eine Attrappe und in jedem Fall auf Sand gebaut war.

Kann mich die toskanische Landschaft retten? Kann mich das letzte Aufbäumen einer verblassenden Sonne retten?

In der Dorfkneipe, wo nur noch ein paar alte Männer und Kartenspieler sitzen, lächelt mir ein junger Mann zu, den ich noch nie gesehen habe. Er hat eine aufreizende Sicherheit und die Zurückhaltung dessen, der wartet, bis seine Stunde kommt. Ich frage mich, ob man ein neues Leben anfangen kann.

Luca

Die Luft war noch mild, selbst zu dieser fortgeschrittenen Nachtstunde. Trotzdem würden wir den Sommer bald verlieren.

In der Nähe des Ponte Vecchio grölte ein aufgebrachter Betrunkener, man müsse unverzüglich die Monarchie wiederherstellen. Nicht weit davon gingen junge Leute in einem Rudel, und es sah so aus, als tanzten sie eine Farandole. An einer Straßenecke versuchte ein Junge, allerdings erfolglos, sein Moped anzulassen. Auf der Terrasse eines Cafés verabschiedete man die letzten Gäste, ehe man die Tische hereinholte. Überall gingen nach und nach die Lampions aus. Die Stadt versank im Dunkel, und die Geräusche drangen immer gedämpfter an mein Ohr.

In der Via Toscanella ließ ein Apotheker das Gitter seiner Offizin herunter. Ich hatte, ehe er zumachte, noch eine Schachtel Schlaftabletten bei ihm gekauft. Der Wein, den ich mit Leo getrunken hatte, war mir zu Kopf gestiegen, und ich befürchtete, nicht einschlafen zu können.

Auf der Schachtel stand, das Schlafmittel beginne nach einer halben Stunde zu wirken. Das war länger, als mein Heimweg dauern würde. Ich habe vier Pillen geschluckt und den Rest in den nächsten Abfallkorb geworfen. Ich hätte besser achtgeben sollen: Die Dosis, die die Ärzte normalerweise verschreiben, beschränkt sich auf eine Tablette.

Ziemlich schnell begannen die Schatten um mich herum zu schwanken, die Lichter der Straßenlaternen wurden von seltsamen Schwingungen erfaßt, die Straßennamen verschwammen, und ich spürte, daß meine Beine nachgaben.

Aber es war kein unangenehmes Gefühl, obwohl ich ahnte, daß der Alkohol und die Schlaftabletten, beide in reichlichem Maß genossen, sich nicht vertrugen, und daß diese merkwürdige Mischung für meine Schwindelgefühle und diese Art von Benommenheit verantwortlich war.

Ich bewegte mich wie ein Schlafwandler lachend und glücklich durch die Stadt und kümmerte mich nicht um das Getriebe der Welt. Ich mochte diesen Zustand der Trunkenheit und der Schläfrigkeit. Meine Müdigkeit war heiter.

Ich dachte an Leo, der mich zu meinen ersten Liebeserfahrungen zurückgeführt hatte, ich dachte an unsere Umarmungen, an seinen Kuß auf meine Halsschlagader, an sein Lachen. Ein leichter Wind ließ meinen Körper zittern. Ich hätte gewollt, daß dieser Augenblick das ganze Leben andauerte.

Als ich auf dem Ponte Santa Trinita angelangt war, lehnte ich mich über die Brüstung, um das Brodeln des Flusses zu betrachten. Die Fluten waren schwarz und glänzend. Ich blieb mehrere Minuten über den Abgrund gebeugt stehen und suchte ein wenig Erfrischung in den hochspritzenden Tropfen und in Annas Gesicht im schimmernden Wasser.

Nach einiger Zeit bemerkte ich, daß ich völlig allein war. Ohne viel darüber nachzudenken, kletterte ich auf die Brüstung hinauf. Ich breitete meine Arme aus: Mit dem Kopf, den ich habe, muß ich wirklich einem Christus am Kreuz geglichen haben. Ich bin auf der Brüstung entlanggegangen wie ein Seiltänzer. Ich habe nicht bemerkt, daß der Rand rutschig war.

Wirklich zu dumm: Ich habe das Gleichgewicht verloren.